KB109680

당신은 이미 소설을 쓰기 시작했다

당신은 이미 소설을 쓰기 시작했다

이승우

마음산책

당신은 이미 소설을 쓰기 시작했다

1판 1쇄 발행 2006년 3월 10일
1판 8쇄 발행 2015년 1월 5일
문고판 1판 1쇄 발행 2019년 2월 25일
문고판 1판 4쇄 발행 2024년 4월 15일

지은이 | 이승우
펴낸이 | 정은숙
펴낸곳 | 마음산책

편집 | 성혜현 · 박선우 · 김수경 · 나한비 · 이동근
디자인 | 최정윤 · 오세라 · 한우리
마케팅 | 권혁준 · 김은비 · 최예린
경영지원 | 박지혜

등록 | 2000년 7월 28일(제2000-000237호)
주소 | (우 04043) 서울시 마포구 잔다리로3안길 20
전화 | 대표 362-1452 편집 362-1451 팩스 | 362-1455
홈페이지 | www.maumsan.com
블로그 | blog.naver.com/maumsanchaek
트위터 | twitter.com/maumsanchaek
페이스북 | facebook.com/maumsan
인스타그램 | instagram.com/maumsanchaek
전자우편 | maum@maumsan.com

ISBN 978-89-6090-569-6 03810
     978-89-6090-571-9 (세트)

* 책값은 뒤표지에 있습니다.

우리는 우리의 삶을 통해
우리의 이야기를 만들어간다.
그런 점에서 누구나 작가다.

일러두기

1. 이 책은 『당신은 이미 소설을 쓰기 시작했다』(2006)의 문고본으로 「화자의 층위
   에 대하여」를 새로 추가했다.
2. 인용문 출처는 이 책 초판을 토대로 밝혔다.

여기 담긴 것들은 그저 제가 소설을 써오면서, 그리고 소설 쓰기를 욕망하는 문학청년들을 곁에서 보아오면서 생각날 때마다 한 구절씩 적어나간 사적인 노트입니다. 방법보다 태도를 강조하는 문장이 많은 것은 그 때문입니다. 내 자신에게나 주문해야 할 문장들이지만, 그럼에도 불구하고 소설 쓰기를 욕망하고 고민하는 적지 않은 '문학에 붙들린 영혼'들과 글을 통해 자기를 표현하고 자기 이야기를 갖게 되기를 바라는 젊은이들에게 이 작은 노트가 조금이라도 도움이 된다면 더 큰 기쁨이 없을 것입니다.

이 책에 들어 있는 내용의 대부분은 몇 년 전에 〈북새통〉에 1년 반 동안 연재되었습니다. 황영옥 형의 강권과 〈북새통〉 편집부의 북돋움이 없었다면 아마 여기 실린 글들은 쓰이지 않았을 것입니다. 흩어진 원고들을 찾아 묶고 예문을 추가하여 모양 좋게 한 권의 책을 만들어낸 마음산책 여러분에게도 고마움을 전합니다.

2006년 3월

이승우

차 례

읽은 사람만이 쓴다.
잘 읽은 사람이 잘 쓴다.

이야기를 위한 몇 개의 이야기

『아라비안나이트』의 셰에라자드

우리는 셰에라자드에 대해 알고 있다. 페르시아 왕 샤리아르는 처녀를 한 명씩 맞아들여 하룻밤을 지낸 뒤 다음 날 처형시킨다. 셰에라자드 역시 같은 운명이었으나 그녀는 왕에게 이야기 한 편을 들려주고 다음 날 이야기를 이어서 하겠다고 한다. 다음 날이라니? 그녀는 '없는' 내일을 요구한 것이다. 이야기를 듣기 위해서 왕은 '없는' 내일을 있게 해야 했다. 없는 내일을 있게 한 것은 이야기였다. 왕은 셰에라자드의 이야기를 듣기 위해 그녀의 처형을 하루하루 연기하다 결국 영원히 연기한다.

이 이야기는 적어도 두 가지 사실을 사색하게 한다. 이야기가 우리를 살게 한다(구원한다)는 것이 그 하나이고, 이야기에 의해 내일과 내일과 내일이, 그러니까 삶이 계속 이어진다는 것이 다른 하나다. 이야기의 부재는 죽음이고, 이야기의 존재는 삶이다. 삶이 이야기를 만드는 것이 진실인 것처럼 이야기가 삶을 만드는 것 또한 진실이다. 이야기가 없으면 삶도 없는 것.

이 책에 들어 있는 또 다른 이야기('아무것도 쓰이지 않은 책'에 대한)는 이 구조의 중복이다. 두반이란 사람이 왕의 병을 고쳐주자 왕은 그를 편애한다. 그러자 질투를 느낀 대신이 두반을 모함한다. 왕은 대신의 꾐에 넘어가 두반을 죽이려고 한다. 두반은 억울함을 하소연하고 애원하지만 받아들여지지 않는다. 그러자 그는 꾀를 내어 마지막으로 매우 귀중한 책을 선물하겠다고 하고 왕에게 바친다. 왕은 책을 펼친다. 페이지들이 끈끈하게 달라붙어 있다. 책을 읽기 위해 손가락으로 침을 묻혀서 책장을 넘길 수밖에 없다. 글씨가 나타나지 않는다. 두 번째 장을 넘긴다. 역시 아무 글씨도 나타나지 않는다. 세 번째 장을 넘긴다. 물론 침을 묻혀가며. 그렇게 일곱 장을 넘긴다. 그래도 아무런 글이 나타나지 않는다. 왕이 말한다. 아무것도 쓰여 있지 않잖나. 두반이 말한다. 좀 더 넘겨보십시오. 왕은 더 넘긴다. 그러나 역시 아무것도 나타나지 않는다. 그런 어느 순간 왕은 비틀거리다가 바닥에 쓰러진다. 페이지마다 묻어 있던 독이 왕을 죽였던 것이다.

그러나 꼭 독이 묻어 있어야 했을까? 이 이야기에서 우리는 비유적으로 아무것도 쓰여 있지 않은 책이 곧 독이라고 읽는다. 아무 이야기도 하지 않는 책은 왕을 죽인다. 이야기의 부재가 죽음인 것이다. 삶이 이야기를 만드는 것이 진실인 것처럼, 이야기가 삶을 만드는 것 또한 진실이다.

출애굽, 이스라엘인의 광야

파라오의 지배 아래 노예 생활을 하던 이스라엘 민족은 지도자 모세의 인도를 받아 이집트를 떠난다. 그들에게는 목적지가 있다. 그들의 신 야훼에 의해 주어진 약속의 땅 가나안이 그곳이다. 이집트를 떠난 그들 앞에는 두 갈래의 길이 있었다. 지중해 연안의 해안을 따라 이집트와 가나안을 연결하는 중심 무역로이자 군사로였던 '블레셋 사람의 땅의 길'(나중에 비아 마리스Via Maris, 바다의 길로 불린)을 거쳐서 가면 늦어도 40일 안에 예루살렘에 도착할 수 있었다. 그러나 그들은 그 길을 택하지 않고 광야를 택했다.

왜 그랬을까? 가나안 땅에는 살고 있는 사람들이 있었다. 신은 약속했지만 그 땅의 주민들은 허락하지 않았다. 신은 너희들의 땅이다, 라고 말했지만 그곳에 사는 주민들은 그냥 땅을 내놓을 수 없었다. 이스라엘 사람들은 가나안에 들어갈 수 있는 역량을 갖출 때까지 광야에서 살아야 했다. 그들은 40년 동안 먹을 것도 없고 마실 물도 별로 없는(그래서 만나와 메추라기, 쓴물을 단물로 바꾼 설화들이 생겨났다) 광야를 헤매 다녀야 했다.

해변 길, 비아 마리스는 이미 있는 길이다. 그 길로 가는 것은 이미 있는 길을 걷는 것이다. 출발과

목적지, 시작이 있고 끝이 있는 것이 길이다. 길은 길 위에 올라선 사람을 데려간다. 그가 멈추지 않는 한 길 위에 올라선 사람이 도달할 곳은 정해져 있다. 길의 끝이다. 여기서는 헤맬 수가 없다.

광야는 길이 아니다. 길이 아니므로 시작도 없고 끝도 없다. 정해진 방향도 없다. 출애굽한 이스라엘인들의 경로를 추적해보면 그들이 광야 곳곳을 이리저리 헤매고 다녔다는 사실을 알게 된다. 광야는 그들을 데려다줄 길을 가지고 있지 않은 것이다.

아니, 다시 말해보자. 광야는 길이 아닌 것이 아니라 너무 많은 길이 아닌가. 만들어진 '하나의' 길이 없기 때문에 모든 곳이 길인 곳, 그곳이 광야가 아닌가. 정해진 하나의 길이 없기 때문에, 데려다줄 정해진 경로가 따로 없기 때문에 어디로든 갈 수 있는 것이 아닌가. 헤맬 수 있는 것이 아닌가. 무슨 일이든 일어날 수 있는 것이 아닌가.

그런 곳에서 이야기가 태어난다. 출애굽의 광야는 이야기의 미로다. 광야-미로가 그들의 이야기를 만들었다. 광야가 없으면 이야기가 없다.

이스라엘 사람들은 광야-미로에서 일어났던 일들을 기록하고 전했다. 그들의 민족의식은 그 광야에서의 공통의 이야기를 되풀이 반복하는 종교의식을 통해 견고해졌다. 그들의 광야 경험이 이야기를 만들었지만, 이제 그 이야기(기억)가 그들의 삶을 만든다. 그들의 삶은 그들의 이야기가 만든 삶이다. 이야기가 없으면 삶도 없다.

누가 고인의 죽음을 가장 슬퍼하는가

한 해 전에 암으로 투병 중이던 장모님이 돌아가셨다. 나는 맏사위 자격으로 조문객들을 맞았다. 내가 보기에 가장 크게 울고 가장 크게 슬퍼한 사람은 같은 건물의 위층에 살던 이웃 아주머니였다. 장모님과 10년 넘게 이웃해 살면서 같이 밥 먹고 차마시고 시장 가고 운동하고 여행 가고 수다 떨고 했던 사람이었다. 그분은 영정 앞에서 거의 실신할 뻔했다. 그분의 슬픔은 함께한 기억을 많이 공유하고 있는 사람의 슬픔이었다. 공통의 기억이 많은 사람은 많이 운다. 울게 하는 것은 그의 죽음이 아니라 그와 함께했던 기억이다.

기억 이식을 다룬 소설이 있다.(윤대녕, 『사슴벌레 여자』) 다른 사람의 기억이 이식된 상태에서도 나는 여전히 나일까, 하는 질문을 이 소설은 던진다. 어린 시절의 나와 젊은 시절의 나와 지금의 나를 동일한 나로 받아들이게 하는 요인이 기억-이야기라면 정체성에 혼란이 올 것은 당연하다. 내가 아니라 이식된 기억의 주인공이 사랑했던 여자에 대한 기억 때문에 괴로워한다면 나는 나인가 그인가.

　"이명구라는 사람의 기억을 빌려서 살고 있는 게 사실입니다."

　그는 자신이 무인 호텔에서 겪은 일을 그녀에게 차분하게 말해주었다. 왠지 그래야만 할 것 같아서였다. 그녀는 숨을 죽인 채 그가 하는 얘기를 귀 기울여 듣고 있었다.

　"그렇지만 그 기억의 일부만으로는 살아갈 수 없더군요. 불안정하고 부자연스러운 느낌이 계속 진행되고 있는 상탭니다."

"그건 그렇다 치고 저를 찾아온 이유는 뭔가요?"

"솔직히 말하면 이끌려서 왔을 뿐입니다."

"한 가지 물어볼 게 있어요. 그 사람의 기억을 이식받았다면 감정도 같아지는 건가요? 가령 저에 대한 당신의 감정을 묻고 있는 거예요."

"중개인의 말대로라면 이명구와 똑같은 감정은 느끼지 않아야 정상입니다. 기억을 공유하더라도 각자 사람이 다르기 때문에 별개의 주체적인 감정이 생긴다는 거죠."

"그게 그럴 수 있는 건가요? 제 생각엔 당신이 뭔가 중요한 것을 착각했거나 잘못 알고 있는 것 같은데요. 그렇다면 왜 저를 찾아온 거죠?"

차수정의 말을 듣고 있는 동안 그는 다시금 혼란에 휩싸여버렸다. 듣고 보니 반박할 말이 없었던 것이다.

오데코롱 냄새가 테이블 위로 번져 내리고 있었다. 그녀와 섹스를 하고 싶다는 생각이 불현듯 그의 몸을 훑고 지나갔다. 피돌기가 빨라지며 금세 숨결이 흐트러졌다. 그녀도 그걸 느끼고 있는 모양이었다. 옆에서 그녀가 공허하게 웃는 소리가 들려오는가 싶더니 곧

멎었다.

"자기 감정을 조절할 능력은 남아 있나요?"

"이식받은 기억이 있기 때문에 쉽지가 않습니다. 시간이 좀 더 흐르면 어떨지 모르지만 아직은 두 개의 자아가 서로 충돌을 일으키고 있는 중입니다."

"안됐군요."

"……."

"아직은 잘 모르겠다고 하지만 곧 저에 대한 감정이 되살아나겠군요. 저에 대해 이명구가 가지고 있던 감정 말예요. 아까 당신이 이명구라고 하면서 제 앞에 나타났을 때는 저는 마치 사자使者가 찾아온 줄 알았어요."

— 윤대녕, 『사슴벌레 여자』, 이룸, 2001

아내는 요새도 문득 운다. 공원에 갔다가 언뜻 눈물을 비친다. 음식을 먹다가 훌쩍인다. 공원에 같이 갔거나 그 음식을 함께 먹었던 고인에 대한 기억이 눈물을 불러일으키는 것이다. 공유한 기억이 많으면 헤어지기가 괴롭다. 그와 함께 만든 이야기가 나의 삶을 이루기 때문이다. 그의 부재는 나의 이야기, 나의 삶을 충격한다.

이야기를 듣는 사람, 독자, 혹은 몰래카메라를 보는 사람

이야기를 좋아하지 않는 어린이는 없다. 이야기가 없는 곳도 없다. 신화는 우리의 오래된 조상들이 이해하고 해석한 세계에 대한 이야기다. 이는 이야기를 짓고 듣는 것이 인간의 본능임을 시사한다. 이 오래된 본능이 소설을 읽게 하고 영화를 보게 한다. 이 본능은 무엇에 대한 본능일까? 아마도 타인의 삶, 타인의 세계에 대한 호기심이 우리를 엿보는 사람 혹은 이야기를 듣는 사람, 독자, 그리고 '몰카'를 보는 사람으로 만들었을 것이다.

그런데 이 호기심, 타인의 삶, 타인의 세계를 엿보고자 하는 이 호기심의 숨은 동기는 무엇일까? 정말로 우리는 다른 사람이 어떻게 사는지 궁금한 것일까? 만일 그렇다면 다른 사람이 어떻게 사는지를 확인해서 무얼 하려고? 정말로 궁금한 것은 다른 사람이 어떻게 사는가가 아니라 내가 다른 사람처럼 살고 있는가가 아닌가. 우리는 다른 사람들처럼 살기를 원한다. 다른 사람과 다르게 사는 것은 우리의 존재를 불안하게 한다. 다른 사람이 사는 모습을 확인함으로써 자기가 다른 사람과 다르게 살고 있지 않다고 안도하려고 하는 이런 심리는 아마도 동일시 욕구의 발현일 것이다. 우리는 이야기를 통해 같아지려고 한다. 다른 사람의 이야기를 듣는 것을 좋아하는 사람은 동일시 욕구가 강한 사람이다. 다른 사람의 이야기를 듣는 것을 좋아하지 않는 사람은, 다 그런 것은 아니지만, 대체로 배타적인 사람일 가능성이 높다.

그것이 전부일까. 다시 말해보자. 같아지기 위해 다른 사람의 이야기에 귀 기울이는 것만은 아니다. 우리는 그곳에서 새로운 자기 이야기를 꿈꾼다. 우리는 이야기를 들음으로써 이야기에 참여한다. 참여는 능동적인 행위다. 알베르 카뮈의 『이방인』을 읽는다는 것은, 또는 왕가위의 〈동사서독〉을 본다는 것은 그 소설과 영화에 참여하는 행위다. 참여는 창조적인 행위다. 작가가 자기 소설에 마침표를

찍는 순간 소설이 완성되는 것이 아니고 독자가 그 책을 읽음으로써 완성된다.

그러니까 책을 읽는다는 것은 새로운 글쓰기의 일종이다. 영화도 마찬가지다. 세상에는 그 책이나 영화를 읽거나 본 사람 수, 또는 읽거나 본 횟수만큼의 『이방인』과 〈동사서독〉이 존재한다. 우리는 읽으면서, 보면서, 들으면서 이야기를 변형시킨다. 우리의 삶이 이야기와 섞인다. 이야기는 이야기를 낳는다. 이야기는 아직 태어나지 않은 수없이 많은 이야기들의 자궁이다. 책은 아직 쓰이지 않은 많은 책들의 모태다.

작가, 여러 권의 책을 통해 한 편의 자서전을 쓰는 사람

작가가 된 순간 나는 일기 쓰기를 그만두었다. 저절로 그렇게 되었다. 이 사실은 글쓰기의 숨은 동기가 무엇인지를 유추하게 한다. 일기를 쓰지 않은 것은 일기를 쓰지 않아도 되었기 때문이다. 소설이 일기를 대신하였기 때문이다. 괴롭거나 억울하거나 부끄럽거나 참담한 것들이 일기에 적힌다. 사랑하고 있는 동안은 일기를 쓰지 않는다. 사랑을 얻지 못해 괴롭거나 사랑을 잃고 슬퍼지면 일기를 쓴다. 이것은 일기 쓰기가 곧 나름대로의 견디기의 처세, 치유의 방편이었음을 상기시킨다. 그리고 이 사실은 다시 소설 역시 그것을 쓴 작가 자신에게 이해받지 못하고 이해할 수도 없는, 이 견딜 수 없는 세상을 견디는 방편이며 나름의 치유책이라는 걸 깨닫게 한다. 소설은 가장 먼저 그 글을 쓴 작가 자신에게 결정적으로 유익하다. 소설가는 소설을 통해 세상을 견딜 힘을 얻는다. 세상의 불합리와 파렴치와 몰인정을 이길 힘을 얻는다. 이야기를 하는 사람은 이야기를 통해 그 힘을 얻는다.

독자들은 어떤 작품에 대해 자전적이지 않느냐고 묻는다. 나의 대답은 이렇다. 모든 소설은 궁극적으로 자전적이다. 작가는 여러 권의 책을 통해 한 편의 자서전을 쓴다. 우리는 우리의 삶을 통해 우리의 이야기를 만들어간다. 그런 점에서 누구나 작가다.

널리 알려진 비유를 들면, 소설가는 자신의 생애라는 집을 헐어 그 벽돌로 소설이라는 집을 짓는 사람이다. 그러니까 소설가의 일대기를 쓰는 전기 작가는 소설가가 세운 것을 허무는 것이고, 소설가가 허물어버린 것을 다시 세우는 것이다.

—밀란 쿤데라, 『소설의 기술』,
권오룡 옮김, 책세상, 1997

잘 읽어야 잘 쓴다

읽어야 쓴다

너무 당연해서 진부하기까지 하지만, 쓰기를 원하는 사람은 먼저 읽어야 한다. 잘 쓰기를 원하는 사람은 먼저 잘 읽어야 한다. 잘 쓰는 사람은, 내가 아는 한, 잘 읽은 사람이다. 자기가 경험한 이야기를 소설로 쓴다면 100권도 모자랄 것이라고 말하는 사람을 흔하게 본다. 우리는 그 사람이 거짓말을 하고 있다고 생각하지 않는다. 무엇 때문에 그런 거짓말을 하겠는가. 그러나 우리가 확신하는 것은, 그 사람이 100권 이상 분량의 경험을 했더라도 책을 전혀 읽지 않고 살아왔다면 단 한 권도 쓰지 못하리라는 사실이다. 읽지 않고 소설가가 된 사람을 나는 한 명도 알지 못한다. 소설가들은 쓰기 전에 읽은 사람들이며 또 읽는 사람들이다.

경험이 없어도 쓸 수 있다. 그가 읽어왔다면. 하지만 읽지 않고는 쓸 수 없다. 아무리 경험이 많다고 해도. 경험의 가치를 폄하하려는 뜻으로 하는 말이 아니라 읽기의 중요함을 강조하기 위해서 하는 말이다.

소설을 쓰겠다는 사람들이 많아졌다. 환영할 만한 현상인 것은 사실이다. 하지만 그런 사람들 가운데 최소한 이 정도는 읽었어야 할 책들을 읽지 않았거나 아예 그런 책이 있는지도 모르는 사람들이 상당히 많다는 것은 이해하기 힘들다. 읽지 않고, 읽는 건 무시하고 쓰기만 하겠다? 독자는 싫고 바로 작가가 되겠다? 글쎄, 나는 믿지 않지만, 그것이 가능하다면 그 사람은 아마 천재일 거다. 천재들에 대해서는 나는 할 말이 아무것도 없다. 왜냐하면 내가 천재가 아니기 때문에 천재들이 어떻게 소설을 쓰는지 모르기 때문이다.

소설 쓰기가 특별한 재능을 타고 태어난 유별난 신분의 사람들만 하는 것은 아니다. "저는 작가들을 운명적으로 타고난 사람, 즉 작가로서의 유전자를 갖고 태어난 사람으로 보지 않습니다." 페루의 대표적인 문호 마리오 바르가스 요사의 말이다. 그는 『젊은 소설가에게 보내는 편지』라는 매우 친절하고 유익한 소설 창작론의 첫 장에서 이 점을 여러 차례 강조한다.

저는 우리 인간의 운명이 모태母胎에서부터 결정된다고 생각하지 않습니다. 인간의 운명은 우연의 장난이 아닙니다. 변덕스러운 신이 우리 인간을 재능 있거나 무능하게, 의욕이 넘치거나 부족하게 만드는 것도 아닙니다. 지금은 그렇지 않지만 저도 젊었을 때에는 프랑스 실존주의자들—그 누구보다 사르트르의 영향이 컸습니다—의 자기 의지라는 영향 때문에 이런 신념을 갖게 되었습니다. 직업도 일종의 '선택'이다, 우리 인간의 미래를 결정하는 것은 각 개인의 자유로운 선택이다. 저는 작가들을 운명적으로 타고난 사람, 즉 작가로서의 유전자를 갖고 태어난 사람으로 보지 않습니다. 저는 훈련과 불굴의 의지가 때로 천재 작가를 만들어낼 수 있다고 생각하는 사람입니다. 그러나 저도 인정합니다. 작가는 자유로운 선택에 의해 결정된다. 이것은 충분한 설명이 될 수 없습니다. 선택은 필수 불가결한 요소일지 모릅니다. 그러나 제 생각으로는, 선택은 두 번째 단계에서 필요한 요소일 뿐입니다. 우리는 유년기나 사춘기 시절 주관적인 생각으로 나는 작가로서 타고난 사람이다, 작가가 될 수밖에 없다, 라는 생각을 품게 될 수 있습니다. 그리고 합리적인 선택이 그 생각을 강화할 수 있습니다. 그러나 선택을 했다고 해서 머리끝에서 발끝까지 완벽한 작가로 태어날 수는 없습니다.

—마리오 바르가스 요사, 『젊은 소설가에게 보내는 편지』,

김현철 옮김, 새물결, 2005

그렇다고 아무나 마음만 먹으면 소설을 쓸 수 있다는 건 아니다. 예컨대 한 몇 개월 학원 다녀서 딸 수 있는 자격증처럼 생각하면 안 된다는 뜻이다. 몇 개월 테크닉이나 배우면 되지 않을까 생각하고 달려드는 사람들에게 해주고 싶은 말은 소설 쓰기가 테크닉이 아니라는 것이고 또 어떤 점에서는 따로 배울 테크닉 같은 게 없다는 것이다. 배워야 할 것은 기술이 아니라 정신이다. 방법이 아니라 태도다.

물론 방법이 아주 없는 것은 아니다. 우리가 알아야 할 소설 창작 방법에 대한 모든 것은 소설 속에 들어 있다. 100명의 작가에게 물어보라. 당신은 소설 공부를 어떻게 했는가? 100명 모두 소설을 통해 배웠다고 말할 것이다. 앞에서 언급한 바르가스 요사는 위대한 소설가, 뛰어난 소설가라는 작가들도 처음에는 모두 견습 작가에 불과했다고 말한다. 지금 위대한 작가들도 그보다 앞선 위대한 작가들의 소설을 읽으며 소설 쓰기를 익혔다.

책은, 호르헤 루이스 보르헤스를 따라 말하면, 기억의 확장이며 상상력의 확장이다. 거의 모든 생애를 도서관에서 일하며 살았던 그는 도서관을 인류의 기억이라고 한 버나드 쇼에 동의를 표했고, 나는 버나드 쇼에 동의를 표한 보르헤스에게 동의를 표한다. 보르헤스는 과거를 기억해내는 것과 꿈을 기억해내는 것이 책의 기능이라고 말했다. 거기에 덧붙여 말할 것이 있다. 또 하나의, 이제까지 없었던 새로운 책을 기억해내는 것이 보다 중요한 책의 기능이다. 책을 읽다가 책을 쓴다. 소설을 읽은 사람이 소설을 쓴다. 한 권의 책이 하나의 새로운 소설을 잉태하게 했다면, 그렇게 잉태된 하나의 새로운 소설은 그 한 권의 과거의 책 속에 무정형의, 이를테면 일종의 가능태의 형식으로 미리 존재했던 것이라고 말해야 옳다.

소설을 읽으면 소설 창작의 방법이 보인다. 소설 창작의 교과서가 따로 없다. 좋은 작품이, 좋은 작품만이 교과서다. 그러니까 소설 창작 방법론의 첫 장은 읽기다. 읽은 사람만이 쓴다. 잘 읽은 사람이 잘 쓴다.

느리게 읽기

잘 읽는 방법으로 추천하고 싶은 것은 느리게 읽기다. 속독의 유용성에 대한 코멘트가 많은 것은 사실이다. 그리고 또 속독이 유용한 것도 사실이다. 요즘처럼 정보가 넘쳐나고 더구나 정보의 확보가 곧 경쟁력인 속도전의 시대에는 더욱 그렇다. 그러나 그것은 정보를 얻거나 지식을 습득하는 것을 목표로 하는 독서일 때 이야기다. 그런 독서에서 중요한 것은 경제성(최소한의 비용으로 최대의 이윤을 창출하라!)과 효율이다. 그렇지만 정보를 얻거나 지식을 습득하기 위해 소설을 읽는 사람은 없다. 소설을 통해 정보나 지식을 얻을 수 있고 또 더러 얻기도 하지만 그것은 어디까지나 부차적인 소득일 뿐이다. 백과사전이나 전문 서적을 읽는 편이 정보와 지식의 습득에 훨씬 유리하다는 것은 하나 마나 한 소리다.

소설을 천천히 읽을 때 문장들은 독자의 사고를 자극하고 상상력을 추동한다. 소설 문장들은 독자인 나에게 말을 붙이고, 나는 대들거나 반문하거나 수용한다. 나의 대듦이나 반문이나 수용에 대한 소설 문장들의 대듦이나 반문이나 수용이 이어지고, 이런 일들이 끊임없이 되풀이되면서 거기에 하나의 유연하고 둥글고 탄력 있는 공간이 생겨난다. 그 공간에서 소설이 태어난다. 그럴 때 새로 태어나는 소설은 그 책의 잠재의식에서 불러내어진, 기억된 소설이다. 그러니까 과거의 책들은 미래의 책들을 기억 속에 품고 있는 셈이다.

느리게 읽기가 빨리 읽기보다 더 어렵다는 건 느리게 읽기를 해본 사람은 안다. 그것은 마치 오래 밥을 씹는 것이 어려운 것과 같고 자동차를 버리고 자전거의 페달을 아주 천천히 밟는 것이 어려운 것과 같다. 음식은 식도를 타고 넘어가려 하고 자전거는 달리지 않으면 넘어지기 쉽다. 그러나 음식은 오래 씹어야 제맛이 나고, 자전거 페달을 느리게 밟다 보면 그 전에는 볼 수 없었던 것을 보게 된다.

하루에 책을 여러 권씩 읽어내는 사람은 존경스럽지만, 만일 그 사람이 소설 쓰기를 원한다면, 소설 쓰기를 원하는 사람이 소설을 그런 식으로 읽는 것이라면 백해무익이라고까지 할 수는 없어도 그다지 권할 만한 방법이 아니라는 것이 내 생각이다. 정보를 원한다면 그렇게 읽으라. 그런데 소설을 읽으면서 정보를 기대하는 것은 현명한 일이 아니다. 그러니까 다르게 읽어야 한다. 문장을 음미하고 문장 속의 생각을 곱씹고 그 생각을 그 문장을 통해 표현하려고 했던 작가를 만나라.

이미 작가가 된 사람들 중에는 선배 작가들의 좋은 소설을 여러 번 베껴 썼다고 고백하는 사람들이 있다. 베껴 쓰기 자체에 무슨 마력이 있어서가 아니다. 베껴 쓰기가 무슨 신통한 방법이라도 된다고 생각하면 안 된다. 그것은 다만 느리게 읽기의 한 방법이기 때문에 추천할 만하다는 것이 나의 생각이다. 베껴 쓰면서 빨리 읽을 수는 없는 것이다.

꼼꼼하게 천천히, 문장 하나, 단어 하나, 심지어 문장부호 하나에 집중하는 책 읽기. 단어와 문장, 심지어 문장부호 하나하나의 쓰임새를 음미하는 책 읽기. 소설 쓰기는 거기서부터 시작된다. 그러니까 소설을 아주 천천히 꼼꼼하게 읽고 있는 사람은 이미 소설 쓰기를 시작한 사람이다. 그러나 그 과정을 생략한 사람은 지금 무언가를 쓰고 있더라도 아직 소설 쓰기를 시작하지 않은 사람이다.

하고자 하는 이야기가 있어야 한다

불만과 의혹, 욕망과 의도

할 말이 있는 사람이 마이크를 잡는다. 할 말이 없는 사람은 마이크를 잡을 이유가 없거니와 실은 잡아서도 안 된다. 그런 사람의 마이크는 듣는 사람을 불편하게 하기 때문이다.

소설을 쓴다는 것은 세상과 인간에 대해, 세상과 인간을 향해 무슨 말인가를 한다는 것이다. 할 말을 가지고 있지 않은 사람은 말을 하려는 욕구를 느끼지 않고(않아야 하고), 따라서 소설을 쓰지 않는다(않아야 한다). 강요하는 사람은 없다. 근원적으로 소설가는 자발적인 이야기꾼이다. 누군가 요구하기 때문이 아니라 자기가 하고 싶기 때문에, 남들이 듣기를 원하기 때문이 아니라 자기가 할 말을 가지고 있기 때문에 그는 소설가가 된다. 어떤 작가는 한 편의 소설을 쓰고 나서 바로 이 작품을 쓰기 위해 소설가가 되었다고 말했다. 그런 것이 있어야 한다.

다 그런 것은 아니지만, 현실에 만족하며 사는 사람이 소설을 쓰려는 욕구를 느끼지 않는 것은 그 때문이다. 비유하자면, 지상에 견고한 집이 있는 사람은 상상 속에 허구의 집을 지을 필요가 없다. 불만과 의혹, 욕망과 의도가 말을 만들고 소설을 쓰게 한다. 이청준은 그것을 복수심이라는 말로 설명했다. 가령 글쓰기의 근원적 경험이라고 할 수 있는 일기를 생각해보라. 어린 시절에 우리는 현실의 부당한 힘에 대한 억울함을 폭로하고 울분을 토로하기 위해 일기장을 펼쳤다.

이미 짐작을 하신 분들도 계시겠습니다만 일기를 적거나 편지를 쓰거나 그런 것에 자주 매달리는 사람들은 대개가 바깥 세계에서 자기 욕망의 실현에 실패를 하는 경향이 많은 쪽이기 쉽다는 것이 그것입니다. 그리고 일기를 쓰는 행위가 보다 소극적이고 내향적인 데 비해 편지를 쓰는 사람 쪽이 조금은 더 적극적이고 외부 지향적이라는 차이는 있을망정, 어느 쪽이나 똑같이 바깥 세계에 대한 공통의 원망을 지니게 됨으로써, 그 바깥 세계가 자기의 생각과 주장에 거꾸로 굴복해오기를 갈망할 뿐 아니라 궁극에 가서는 그것의 풍속이나 질서까지도 자기 식으로 온통 뒤바꿔놓기를 바라는 내밀한 욕망을 지니게 된다는 점입니다. 현실의 질서에는 자신이 굴복하고 실패할 수밖에 없으므로 이번에는 그 세계가 거꾸로 자신에게 굴복해올 수밖에 없도록, 그 세계 자체를 아예 자기 식으로 뒤바꿔놓을 수 있을 어떤 새로운 질서를 음모하기 시작한단 말입니다. 좀 더 문학적인 표현을 빌려 말한다면, 자기의 삶의 근거를 마련하려는 일종의 복수심이지요.

—이청준, 「지배와 해방—언어사회학 서설 3」,

『자서전들 쓰십시다』, 열림원, 2000

소설이 사회를 반영하는 거울이라는 이론은 틀리지 않다. 그러나 이 거울은 사물을 비추되 거울 자신의 욕망과 의도에 따라 비춘다. 욕망도 의도도 갖고 있지 않은 거울은 아무것도 비추지 않는다. 그럴 의욕이 없기 때문이고 그럴 필요도 없기 때문이다.

그러니까 소설을 쓰려는 사람은 자신이 가진 거울이 이 세상에 대해 어떤 불만과 의혹, 어떤 욕망과 의도를 가지고 있는가를 먼저 살펴야 한다. 왜냐하면 소설은, 어떻게 말하든 소설을 쓰는 사람의 세계 해석이고, 그 해석의 뿌리는 그의 욕망과 의도이기 때문이다.

무얼 써야 할지 모르겠다고 하소연하는 소설 지망생들이 있다. 어떻게 그럴 수 있을까? 쓸 것이 없는 사람이 어떻게 소설을 쓰겠다는 의욕을 느낄 수 있을까? 말을 하겠다는 건 말할 내용이 있어서이고 소설을 쓰겠다는 건 쓸 무언가를 가지고 있기 때문이 아니겠는가. 그저 소설가가 되고 싶어서라고 대답할지 모른다. 그러면 그는 왜 소설가가 되고 싶을까? 소설가가 무슨 대단한 명예도 아니고 권력도 아니라는 건 다 안다. 소설을 가지고 무얼 할 수 있다는 생각은 불순하기도 하거니와 무엇보다 착오다.

그러니까 소설가가 되려고 소설을 쓰겠다는 것은 앞뒤가 바뀐 말이다. 소설가가 되려고 소설을 쓰는 것이 아니고 소설을 쓰기 때문에 쓰는 동안 소설가로 불리는 것이다. 소설가이기 때문에 소설을 쓰는 것이 아니고 소설을 쓰기 때문에 소설가인 것이다. 소설가가 소설을 쓰는 것이 아니라 소설을 쓰는 사람이 소설가인 것이다. 무얼 쓸지 모르겠는 사람은 쓸 무엇이 떠오를 때까지 기다리는 것이 좋다. 무얼 써야 할지 모르면서 무언가를 쓰는 것은 할 말도 없으면서 마이크를 잡고 있는 것과 같아서 당사자와 주변을 짜증 나게 하기 쉽다.

절실한 이야기여야 한다

할 말이 있어야 한다고 해서 아무 말이나 허용된다는 건 아니다. 그 말은 들을 만한 말이어야 한다. 청하진 않았어도 듣는 사람은 들을 만한 말이기를 바란다. 절실한가? 하는 질문은 가장 먼저 가장 중요하게 고려되어야 한다. 적어도 누군가 들어주기를 기대한다면, 그런 요청이 결례가 되지 않을 정도의 가치를 가진 말을 들려주어야 한다. 여기서의 가치를 결정하는 것은 크기나 무게가 아니라 깊이다. 말하자면 거창하고 위대한 주제나 심각한 사건이 가치 있는 것이 아니다. 말을 하는(소설을 쓰는) 사람이 자기가 말하려는(쓰려는) 내용을 얼마나 절박하고 간절하게 원하고 있는가가 관건이다. 자기 자신도 절실하지 않은 이야기, 해도 그만 안 해도 그만인 이야기에 귀 기울일 사람은 별로 없다. 아니, 그 전에 자기에게 절실하지 않은 이야기에 성의가 더 해지기 어렵고 그러다 보면 제 꼴을 갖춰 풀려나갈 가능성도 없다고 해야겠다. 그런 이야기에 귀를 기울인다면 그게 오히려 이상한 일이 아니겠는가.

절실한 것은 어디에 있을까? 그것의 한 처소는 기억이다. 소설을 쓴다고 할 때 무언가 특별한 것, 이례적인 것, 기발한 것을 써야 한다고 생각하는 사람이 있다. 그러면 안 된다는 건 아니다. 그러나 경험도 관심도 없고 고민도 해보지 않은 것을 갑자기 쓰려고 한다면 그건 문제다. 자기와 가장 가까운 것을 써야 한다. 기억보다 더 가까운 것은 없다. 기억은 온전히 나에게 속해 있고, 내 안에 있으며, 내 일부이고, 내 존재의 근간이다. 기억에 대해 나보다 더 잘 말할 수 있는 사람은 없다. 기억은 직접경험과 간접경험을 망라한 과거의 모든 유의미한 경험들의 집합이다. 그러나 기억은 단순한 과거 경험의 퇴적이 아니고 편집된 과거다. 편집의 과정에는 잘라내기와 붙여 쓰기와 축소와 과장과 오려 붙이기가 포함되어 있다. 치명적인 기억은 과장되어 있을 수도 있고 잘라내졌을 수도 있다. 다른 맥락에 붙어 있을 수도 있다. 때로는 드러내기가 두려울 수도 있다. 그것은 말할 가치가 없기 때문이 아니라 너무 절실하기 때문이다. 그것을 말할 때, 소설로 쓸 때 신중해지지 않을 사람은 없다.

또한 그 절실한 것을 구체적으로 말해야 한다. 소설은 영혼이 아니라 육체다. 이미지가 아니라 형상이다. 아무리 고상한 사상이나 관념이라 하더라도 그것이 구체를 얻지 못한다면 소설이 되기 어렵다. 눈에 보여야 하고 손에 잡혀야 한다. 색깔이 있어야 하고 형태가 있어야 한다. 특정한 시간과 특정한 공간 속에서 구체적인 사연을 가진 인물들이 서로 얽히고 갈등한다. 이미지는 시로 족하고 사상은 철학을 만족시킨다. 소설을 쓴다는 것은 그것들, 이미지나 사상, 눈에 보이지 않고 만질 수 없는 영혼이나 다름없는 그것들에 실체를 부여하는 육화肉化의 과정이다. 막연한 것, 추상적인 것, 모호한 것, 자기 자신도 아직은 무언지 확실하지 않은 것, 그런 것을 가지고 소설을 시작하려고 하지 말아야 한다. 써나가다 보면 지금은 모호하고 뭔지 모르겠지만 어떤 모양인가 만들어지겠지, 어떻게 되겠지 하고 기대하지 말라. 어떻게 되지 않는다.

발상에서 소설이 태어난다

나무는 씨앗에서 태어난다. 식물의 씨앗 속에는 뿌리와 줄기와 잎이 가능성의 형태로 이미 들어 있다. 씨앗 속의 뿌리가 나무의 뿌리가 되고 씨앗 속의 줄기가 나무의 줄기가 되고 씨앗 속의 잎이 나무의 잎이 된다. 소나무는 소나무씨에서 나왔기 때문에 소나무이고 잣나무는 잣나무씨에서 나왔기 때문에 잣나무일 수밖에 없다. 씨는 미래의 나무를 품고 있다. 겨자씨를 뿌려놓고 야자수를 기대해서는 안 된다. 마찬가지로 야자수씨에서 겨자가 나기를 기대할 수도 없다. 자연의 법칙은 그렇게 막무가

내가 아니다. 그리고 소설의 법칙 또한 그러하다.

비유하자면 발상은 소설의 씨앗이다. 씨앗이 미래의 나무를 품고 있는 것처럼 발상은 한 편의 훌륭하거나 시원찮은 작품을 품고 있다. 소설 창작이 자연법칙에 충실하다고 할 수 없을지는 몰라도, 적어도 자연법칙을 위반하지는 않는다. 좋은 씨앗이 좋은 나무에 대한 기대를 품게 하듯 좋은 발상은 좋은 작품을 예감케 한다. 물론 좋은 발상이 형상화 과정의 미숙으로 하여 그다지 훌륭하지 않은 소설이 될 수는 있다. 그러나 좋지 않은 발상이 형상화의 과정을 거쳐 좋은 소설로 태어날 수 있는 길은 거의 없다는 것이 내 생각이다. 소설 쓰기는 발상에서부터 시작된다. 그리고 언제나 그렇듯 시작이 가장 중요하다.

일기조차 스스로 쓰지 못하는 아이들이 많다. 하루 동안 일어난 일들 가운데 인상적인 것을 선택해서 기록하는 것이 일기다. 그런데 무얼 써야 할지 몰라서 자기 엄마에게 물어보는 아이들이 꽤 많다고 한다. 아이 엄마가 이러이러한 일이 있었잖느냐,

그걸 써라, 하고 알려주면 아, 그래, 그걸 써야지, 한다는 것이다.

아이에게 쓸거리를 제공해주는 그 자상한 어머니의 태도는 바람직한 것일까? 그렇다고 말할 수 없다. 그 아이의 어머니는 아이의 글쓰기를 돕고 있는 것이 아니라 치명적으로 방해하고 있는 것이다. 무엇을 쓸 것인가를 찾고 궁리하고 결정하는 것부터가 글쓰기다. 아니, 그 단계가 가장 중요하다고 할 수 있다. 글의 성격과 수준과 성향의 상당 부분이 이 단계, 즉 발상의 단계에서 결정되기 때문이다. 발상이 차지하는 비중을 제대로 이해하는 사람의 관점에서 볼 때 그 일기는 아이의 일기가 아니라 아이 엄마의 것이다.

이걸 소설로 쓴다면 뭔가 되지 않을까 하는 생각이 언뜻 스쳐 가는 순간이 있다. 물론 형태는 아직 희미하고 불분명하다. 그렇지만 잘 다듬으면 그럴듯한 모양이 만들어질 것 같은 느낌을 주는 무엇. 그 순간이 소중하다. 조금 과장해서 말하면, 이 세상

에 쓰인 모든 좋은 소설들의 작가는 그 순간의 소
중함을 아는 사람들이다. 그들은 그 순간을 놓치지
않고 포착한다. 이 세상에 쓰이지 않았거나 쓰였으
되 시원찮은 모든 소설들의 작가는 그 순간을 소중
하게 포착하지 못했거나 아직 그런 순간을 경험하
지 않은 사람들이다. 물론 과장해서 하는 말이다.
하지만 순전한 과장만은 아니다. 나무를 품고 있지
않은 씨앗은 없다.

　진술을 강요당하는 시대 상황 속에서 소설 쓰기
의 고통을 그려내고 있는 이청준의 소설 『소문의
벽』이 전짓불이라는 모티프에 의해 태어났을 거라
는 짐작은 소설을 읽어본 사람은 누구나 할 수 있
다. 전짓불을 든 사람이 어느 편인지 알 수 없는 상
황에서 무슨 말인가를 해야 하는 처지의 난처함이
혈관처럼 소설의 수면 아래로 흐른다. 하성란은 이
웃들의 쓰레기봉투를 뒤지는 한 남자로부터 모티프
를 얻어 「곰팡이꽃」을 썼을 것이다. 아니면 특정 지
역 주민의 성향이나 수준을 파악하려고 쓰레기나
폐기물을 참조하는 이른바 쓰레기사회학garbageology

이 발상을 제공했을 수도 있다. 이청준의 '전짓불'이나 하성란의 '쓰레기'는 아직 소설이 아니다. 그러나 이것들은 완성된(될) 소설의 핵심을 이룬다. 소설의 체질을 결정하는 유전인자와 같은 역할을 하는 것이 이것들이다. 눈에 보이지 않는 유전자가 몸의 형태와 마음의 꼴과 성격과 심지어 운명까지도 결정하는 것처럼 발상은 소설의 형태와 성격과 운명에 결정적으로 영향을 미친다. 소설이 일정한 몸을 이루기 전에 이것들이 먼저 그리고 지속적으로 아주 중요한 말을 한다. 몸, 즉 소설은 어떻게 만들어질지 아직 모른다. 그러나 그 몸을 작동시키는 원천인 발상의 지배를 벗어나는 법은 없다. 소설이 될 것 같은 무언가를 포착하는 것은 그만큼 중요하다.

아마 기자의 어떤 질문에 대한 답변을 부연하고 있는 모양이었다. 박준은 이야기를 꽤 길게 계속하고 있었다.

—어렸을 때 겪은 일이지만 난 아주 기분 나쁜 기억을 한 가지 가지고 있다. 6·25가 터지고 나서 우리

고향에는 한동안 우리 경찰대와 지방 공비가 뒤죽박죽으로 마을을 찾아드는 일이 있었는데, 어느 날 밤 경찰인지 공빈지 알 수 없는 사람들이 또 마을을 찾아 들어왔다. 그리고 그 사람들 중의 한 사람이 우리 집까지 찾아 들어와 어머니하고 내가 잠들고 있는 방문을 열어젖혔다. 눈이 부시도록 밝은 전짓불을 얼굴에다 내리비추며 어머니더러 당신은 누구의 편이냐는 것이었다. 하지만 어머니는 그때 얼른 대답을 할 수가 없었다. 전짓불 뒤에 가려진 사람이 경찰대 사람인지 공비인지를 구별할 수 없었기 때문이다. 대답을 잘못했다가는 지독한 복수를 당할 것이 뻔한 사실이었다. 하지만 어머니는 상대방이 어느 쪽인지 정체를 모른 채 대답을 해야 할 사정이었다. 어머니의 입장은 절망적이었다. 나는 지금까지도 그 절망적인 순간의 기억을, 그리고 사람의 얼굴을 가려버린 전짓불에 대한 공포를 생생하게 간직하고 있다.

—이청준, 『소문의 벽』, 열림원, 1998

가까스로 매듭이 풀린다. 매듭이 풀리자마자 쓰레

기 한 움큼이 튀어 올라 욕조 안에 흩어진다. 먼지가
엉긴 머리카락과 담배꽁초가 한데 뒤범벅이 되어 있
다. 낚시 의자를 가지고 와 욕조 앞에 펼쳐놓고 걸터
앉는다. 남자는 다시 고무장갑을 끼고 쓰레기들을 유
심히 살피기 시작한다. 목욕탕의 백열등은 얼마 전
100와트짜리로 바꾸어 끼었다. 눈이 부실 정도로 목
욕탕 안은 밝다.

　머리카락의 길이는 이십 센티를 훌쩍 넘는 것들이
다. 남자는 머리카락의 양끝을 팽팽하게 잡은 채 전구
에 가까이 대고 찬찬히 살펴본다. 필터 끝까지 타 들
어간 담배꽁초를 집어 든다. 필터 끝에마다 잇자국이
나 있다. 욕조 안에 펼쳐놓은 쓰레기를 들여다보면서
무릎을 포개고 그 위에 수첩을 펼쳐놓는다.

　4월 23일 오비라거 맥주 뚜껑, 풀무원 콩나물, 신라
면, 코카콜라, 참나무통 맑은소주…….

　남자의 수첩에는 글씨들이 빼곡하게 채워져 있다.
숨은 그림 찾기에서 찾아야 할 항목들처럼 보인다. 남
자는 망가진 시계의 부속품을 핀셋으로 집어 올리는
시계 수리공처럼 자못 진지하다. 꼼꼼하게 쓰레기들

을 뒤지다가 간혹 멈추고 수첩에 글씨를 적는다. 박하
향의 쿨 담배다. 쿨 담배. 고무장갑 손가락 끝에 묻은
오물이 수첩에 묻지 않도록 볼펜의 윗부분을 쥐고 글
씨를 쓰기 때문에 글씨의 획은 어느 것 하나 반듯한
것이 없다. 즉석면 용기가 두 개 포개져 들어 있다. 모
두 수프에 건조 새우가 첨가된 우동이다. 오뚜기 바몬
드 카레. 카레에 사용되었을 감자와 양파의 껍질이 속
속들이 발견된다.

—하성란, 「곰팡이꽃」, 『옆집 여자』, 창비, 1999

신호에 반응하라

정해진 발상법이 따로 있는 것은 아니다. 사람마
다 모티프를 찾는 방법이 다르고, 또 같은 사람이라
고 해도 그가 쓴 모든 작품의 발상법이 다 똑같으
란 법도 없다.

책을 읽다가 문득 무언가 떠오르기도 하고 누군
가의 이야기를 듣는 도중에 이걸 쓰면 소설이 될
것 같다는 생각이 들기도 한다. 여행에서 겪은 어떤
일이 모티프를 제공하기도 하고, 신문 한 귀퉁이에

서 읽은 어떤 기사가 그런 역할을 하기도 한다. 영화를 보는 중에, 혹은 음악을 듣거나 그림을 보는 중에 그럴듯한 아이디어가 찾아올 때도 있다. 화장실에서, 만원 버스 속에서, 심지어는 꿈에서 깨어난 직후에 그런 단서가 떠오르기도 한다.

다음은 『마당 깊은 집』의 작가 김원일이, 그 작품이 어떻게 태어났는지에 대해 고백한 글이다.

열 살 남짓한 나이에 도회로 나온 시골 소년이 처음 보았던 여러 것 중에, 장작 패는 사람이 강렬한 인상으로 남았기에, 그 사람에 대한 짤막한 단편을 써보기로 작정했던 것이다. (…) 오늘날에는 전국 어디를 헤매어도 장작 패기를 직업으로 삼은 사람은 없다. 그러나 일제 때부터 육이오 전후에는 전국 대도시에 그런 직종의 사람을 심심찮게 볼 수 있었다.

대구에서 생활을 시작한 처음, 나는 장작 패는 사람을 보고 늘 겁에 질렸던 기억이 지금도 새롭다. 물들인 낡은 미군 잠바나 해어진 솜저고리를 입고, 개털 모자를 눌러쓴 턱석부리 사내가 퀭한 눈으로 남의 집

대문 안을 힐끗거리며 알아들을 수 없는 말로 "자앙
자악 패어슈!" 하고 혀를 둥글게 하여 외칠 때, 나는
그런 사내가 꼭 강도로 보였다. 왜냐하면 어깨에는 날
이 시퍼런 도끼를 메고 있었기 때문이었다.

—김원일, 「장작 패는 사람」,

『사랑하는 자는 괴로움을 안다』, 문이당, 1991

　나는 졸작 「목련공원」의 모티프를 공동묘지를 산
책하다가 얻었다. 나는 남양주시에서 20대의 마지
막 한 해와 30대를 다 보내고 40대 초반까지 살았
다. 집에서 25분쯤 자동차를 몰고 가면 모란공원이
나타났다. 미술관과 공동묘지가 함께 붙어 있다. 미
술관에 가면 야외에 전시된 조각품들을 볼 수 있었
고, 가끔은 예복을 입고 웨딩 사진을 찍는 예비부
부들을 볼 수 있었다. 잔디밭에 앉아 있는 어른들
이나 뛰노는 아이들도 볼 수 있었다. 공원에는 규격
품의 명찰을 달고 줄을 지어 늘어선 묘지들이 있었
다. 묘지는 크고 무덤들은 많았다. 한번은 묘지 옆
의 야외 미술관에서 결혼식이 열렸다. 삶의 기운이

가장 충일한 한 지점인 결혼식과 죽음의 제의인 장례식이 동시에 열리는 한 공간은 나에게 죽음에 먹히고 있는 삶, 에로스와 타나토스의 관련성에 대한 사유를 유도했다.

「해는 어떻게 뜨는가」와 「선고」는 제임스 조지 프레이저의 『황금가지』를 읽다가, 「재두루미」는 설날 겨울 철새를 구경하려고 민통선 안으로 들어간 한 지인의 경험담을 듣다가 구상하였다. 먼저 쓰인 좋은 작품들이 영감의 원천이 되는 경우는 아주 흔하다.

우리의 머릿속으로는 수없이 많은 생각이 매우 빠르게 스쳐 지나간다. 대기에는 사물들과 현상들과 사건들과 사람들이 보낸 신호들로 가득 차 있다. 우리는 그 신호들 가운데 어떤 것에 어떤 동기에 의해 어떤 식의 반응을 한다. 그러면 관계가 이루어진다. 발상을 얻는다는 것은 이를테면 떠도는 신호들 가운데 어떤 것을 포착하는 일이다. 포착하기 전까지 그것들은 아직 누구의 것도 아니다. 신호들, 스쳐 지나가는 생각들은 붙잡아두지 않으면 내 것이라고 말할 수 없다. 영감처럼 떠오른 것들은 또 그만큼 쉽게 사라지기도 한다. 뭔가 그럴듯한 생각이 떠올라서 흡족해했다가 나중에 그걸 되살려보려고 해도 도무지 기억이 나지 않아서 속상했던 경험이 누구에게나 있을 것이다. 자기 것으로 만들고 싶다면 떠돌아다니는 것들을 떠돌아다니게 내버려두지 말고 붙잡아야 한다.

소설의 자장

주변에서 보고 느낀 모든 것이 다 소설이 될 수 있다. 그러나 주변에서 보고 느낀 것을 썼다고 해서 다 소설이 되는 것은 아니다. 모든 것이 가능하지만 그러나 언제나 어떤 경우에나 가능한 것은 아니다. 중요한 것은 삶 속에서 착상의 단서를 잡아내는 일이다. 거미줄을 친 거미만이 잠자리를 잡는다. 사물과 현상에 대한 깊은 관심과 호기심, 그것들의 배후에 도사리고 있는 것들을 꿰뚫어 보는 상상력, 그리고 지속적인 독서와 사유(나는 그것을 문학적 자장磁場이라고 표현하는데)를 유지하는 사람이 소설의 씨앗을 찾아낸다. 세상의 모든 일이 만만하지 않은 것처럼 소설 역시 만만하지 않다. 좋은 소설을 얻기 위해서는 소설의 자장 밖으로 나가지 말아야 한다. 자장 안에서 놀아야 한다.

20년 동안 소설을 써온 작가도 좀 오랫동안 쉬다 보면 소설 쓰기가 어려워지는 경험을 하게 된다. 무엇보다 이걸 잘 만지면 소설이 되겠구나 싶은 착상이 잘 떠올라주지 않아버린다. 그럴 때는 기분이 참 담해진다. 그런 참담한 상태에서 벗어나는 가장 효과적인 방법은 소설을 생각하고 소설을 읽고 소설 쓰기를 계속하는 것이다. 소설을 생각하고 읽고 쓰다 보면 어느새 소설거리가 나를 찾아온다. 소설 쓰기를 계속하는 한 소설은 우리를 떠나지 않는다.

낯익은 일상을 낯설게

현실이 어떻게 소설이 되는가

있는 대로가 아니라 본 대로

흔히들 소설을 현실의 반영이라고 한다. 옳은 말이다. 어떤 작가도 자신의 시간과 공간을 초월해서 존재할 수 없고, 어떤 소설도 그 시대와 사회의 조건으로부터 자유로울 수 없다. 다른 것들이 그런 것처럼 소설 역시 시대와 사회의 산물이다.

소설을 씀으로써 작가는 그가 살고 있는 사회와 역사를 자연스럽게 그 안에 담는다. 물론 과거의 역사를 소재로 쓰인 소설도 있고, 미래의 특정한 시간을 배경으로 하여 쓰인 소설도 있다. 그런 경우에도 사정은 마찬가지다. 소설 속에 그려진 과거와 미래 역시, 엄밀히 말하면 현재의 시간과 공간(작가의 현재의 세계관)이 투사된 것이나 다름없다. 독자는 소설을 읽음으로써 작가에 의해 포착되고 작가에 의해 그려진 현실을 읽는다. 세계의 소설이 현실의 반영이라는 말 속에는 그런 뜻이 포함되어 있다.

그러니까 소설가는 소설 속에 현실을 담는다. 현실을 그리기 위해 소설을 쓰기도 한다. 그런데 그것, 소설 쓰기를 통해 현실을 그린다는 것은 구체적으로 어떻게 한다는 것일까. 현실은 어떻게 소설이 되는 것일까.

우선 인정해야 할 진실은, 현실을, 있는 그대로, 하나도 빼놓지 않고, 조금도 다르지 않게 옮겨 적는 일이 물리적으로 불가능하다는 점이다. 사실을 찾고 옮겨 적는 작업은 역사가들이 한다. 우리는 역사가들의 저술을 통해 지나간 시간의 '현실'들과 만난다. 우리가 의자왕에 대해 알고, 프랑스혁명에 대해 알고, 6·25전쟁에 대해 알고 있는 모든 것은 역사가들의 사실 그리기를 통해서다. 그런데 우리가 알고 있는 의자왕, 우리가 알고 있는 프랑스혁명, 우리가 알고 있는 6·25전쟁은 실제 있었던 사실들의 전부일까? 모든 것이 그대로 하나도 빼놓지 않고 전해졌을까? 그럴 리 없다. 그럴 수가 없다. 우리가 알고 있는 것이 전체의 아주 작은 부분에 지나지 않는다는 걸 우리는 또한 안다. 사실을 그대로 옮겨 적는 것은 불가능하다. 역사만 그런 것이 아니라 하루에 겪은 모든 일을 그대로 쓴다는 것도 불가능하다. 특정한 공간에 있는 사물들의 면모를 그대로 베끼는 것도 마찬가지로 불가능하다.

가령 바람이 나뭇잎에 닿는 순간 흔들리는 나뭇잎의 모양과 색깔과 움직임을 묘사하는 것도 벅차다. '바람이 불자 초록색 나뭇잎들이 흔들렸다.' 이 문장은 얼마나 어수룩한가. 나뭇잎이 초록색이라니. 나뭇잎의 색깔은 같지 않다. 떡갈나무 잎과 오동나무 잎과 감나무 잎의 초록색이 같지 않고, 같은 감나무에 달린 이파리들도 색깔이 꼭 같지 않다. 크기도 제각각이고 모양도 제각각이다. 크기와 모양과 색깔에 따라 흔들리는 모양도 제각각일 것이다. 만일 한 나무에 나뭇잎이 1000개 달려 있다면 1000개의 나뭇잎의 모양과 크기와 색깔이 다르고 바람에 따라 흔들리는 모습이 다 다를 것이다. 그 다양한 현상을 우리들의 불완전한 문장은 담아내지 못한다.

사정이 이럴진대 무엇을 그대로 그려낼 수 있겠는가. 그러니까 우리는 소설을 통해 현실 전부를 있는 그대로, 일어난 사건 그대로 모조리, 충실하게 그려내겠다는 욕심이 불가능함을 깨달아야 한다.

그런데도 우리가 소설을 통해 현실을 그린다고 할 때 그 현실은 어떤 현실일까. 앞에서 미리 이야기한 대로 그것은 작가의 눈에 포착되고 작가의 시각에 의해 해석된 현실이다. 필요한 것은 세계-경험의 충실한 베끼기가 아니라 그것의 적절한 가공이다. 가공하지 않은 재료는 그 재료가 아무리 그럴듯하다고 해도 예술이라고 할 수 없다. 아름다운 경치 앞에서 우리는 때때로 "예술이다!" 하고 외친다. 그러나 물론 그것은 자연이지 예술은 아니다.

우리가 소설을 통해 반영하는 현실은 우리가 '보는' 현실이다. 보이는 것과 보는 것은 다르다. 눈에 들어오는 모든 것을 다 보는 것이 아니다. 본다는 것은 의식이 동반된 정신 활동이다. 귀 있는 자가 듣는 것처럼 눈 있는 자가 본다. 누구도 자기가 보지 않은 것에 대해 쓸 수 없다. 무엇이 보이느냐(무엇이 있느냐)가 중요한 것이 아니라 무엇을 보느냐(무엇에 의미를 부여하느냐)가 중요한 것은 그것만이 글로 표현될 수 있기 때문이다.

인상파들을 기억할 일이다. 그들은 자연 또는 현실을 '있는' 그대로 화폭에 옮기는 일의 불가능함을 포착한 이들이었다. 인상파 화가들을 탄생시킨 것은 사진기와 휴대용 물감이었다. 휴대용 물감이 생기면서 비로소 그림 도구들을 가지고 야외로 나갈 수 있었던 그들의 눈에 비친 자연은 종잡을 수 없는 것이었다. 그림을 그리다가 문득 눈을 들어 바라보면 어느새 풍경의 색깔이 바뀌어 있는 경험을 했을 것이고, 그 경험은 그들로 하여금 카메라가 순간의 빛을 포착하는 것처럼 한순간의 인상을 붙잡을 수밖에 없다는 생각을 하게 했을 것이다. 요컨대 사물에 고정된 불변의 모양과 색깔이 없다는 것. 있는 대로가 아니라 보는 대로 존재한다는 것. 그러니까 그림도 있는 대로가 아니라 본 대로 그려야 한다는 것.

이런 경우를 생각해보자. 한 아이가 '비 오는 날'이라는 제목으로 그림을 그렸다. 사선을 그으며 떨어지는 빗줄기를 그리고, 우산을 받고 걸어가는 사람들을 그렸다. 비를 피해 처마 밑에 옹기종기 모여 있는 아이들도 그렸다. 그리고 하늘을 그렸다. 그런데 그 어린이가 그린 하늘이 파란색이었다. 아이는 무의식중에 하늘에다 하늘색을 칠한 것이다. 왜냐하면 하늘은 하늘색이니까. 하늘색은 하늘에 칠하는 것으로 알아왔으니까. 그러나 과연 하늘이, 모든 하늘이 언제나 하늘색일까? 하늘이 하늘색으로 보이지 않는 날이 더 많지 않던가. 맑은 날의 하늘과 구름이 낀 날의 하늘, 흰 구름이 낀 날의 하늘과 먹구름이 낀 날의 하늘, 안개가 자욱한 날의 하늘과 눈이 오는 날의 하늘, 가을의 하늘과 겨울의 하늘, 아침의 하늘과 한낮의 하늘과 석양 무렵의 하늘이 다 다르지 않던가.

실은 하늘색이란 따로 없는 것이다. 하늘은 하늘색을 띠고 있고, 그러므로 하늘을 그릴 때는 무조건 하늘색을 칠해야 한다는 것은 주입된 것이고 고정관념일 뿐이다. 하늘색은 정해져 있지 않다. 나뭇잎도 그렇고 바다도 그렇다.

현실을 '있는 대로' 베끼지 말고 '보는 대로' 가공해야 한다. 여기서 중요한 것은 '본다'는 것. 보지 않고는 쓸 수 없다는 것. 현실 경험을 가공하지 않고 있는 그대로 충실히 옮겨 적으려는 작가의 욕구가 장황하고 진부하고 지루한 소설을 만든다. 생각해 보라. 그 작가는 왜 모조리 다 쓰려고 할까. 자기만 따로 본 것이 없기 때문이다. 본 것이 없기 때문에 있는 대로 쓰려고 하고, 그렇게 쓸 수밖에 없다.

차별화된 시선에 의해 '있는' 현실의 어떤 것은 배제되고 어떤 것(본 것)은 선택된다. 가을에 대해 쓸 때, 가을의 모든 재료를 다 동원해야 하는 것이 아니라 시선에 따라, 주제에 따라 필요한 것만 취해야 하는 것과 같은 이치다. 가령 가을에서 감사라는 주제를 이끌어내는 경우와 고독 또는 독서에 연결시킬 때 취사선택할 수 있는 재료들이 같을 수 없는 일이 아닌가. 다 쓰려고 하지 말고 필요한 것만 써야 한다. 어차피 다 쓸 수도 없는 일이다. 현실을 '있는 대로' 베끼지 말고 '보는 대로' 가공하라고 하는 것은 그런 뜻이다.

현실을 그대로 반영한다는 것은 불가능하기만 한 것이 아니라 또한 무의미하기도 하다. 소설의 재료인 이 납작한 문자 매체를 가지고는 사물이나 사건 현장을 눈앞에서 보는 것만큼 생생하고 사실적으로 그려낼 수가 없다. 그렇기 때문에 소설 독자들의 관심 역시 그런 데 있지 않다. 문학의 문장은 실용문과 달라서 정보의 직접적이고 빠른 전달을 목표로 하지 않는다. 문학은 간접적이고 우회하는 방법을 택한다. 할 수 있는 한 소통을 지연시키는 것, 그것이 문학이다. "내 마음은 호수요"라고 말하는 것이 문학의 언어다. 호수는 내 마음의 상태를 은유한다. 그런 식으로 나는 내 욕망과 의도를 드러낸다. 호수라는 우회로를 통해 목적지에 느리게 도달하게 하는 이 지연 효과가 사용 설명서나 신문 기사와 똑같은 문자의 조합에 지나지 않는 문장들을 문학으로 만든다. 은유, 돌아서 가기가 없으면 문학이 없다.

작가의 숨결

창세기의 신은 흙으로 사람의 형체를 만들어놓고 자신의 숨결을 불어넣었다. 그러자 그 흙은 사람이 되었다. 흙은 재료다. 일상과 현실도 재료다. 흙이 사람의 형체를 가지고 있는 순간에도 아직 사람이 아닌 것처럼 일상과 현실 역시 비록 소설의 형태를 갖추고 있다고 해도 아직 소설이 아니다. 흙이 사람이 되기 위해 신의 숨결이 필요했던 것처럼 일상이나 현실이 소설이 되기 위해서도 작가의 숨결이 필요하다. 일상이나 현실에 당신의 숨결을 불어넣어야 한다. 말하자면 당신만의 시각. 당신의 욕망이나 해석. 그런 것들에 의해 너무나 익숙하고 낯익어서 구질구질하기까지 한 우리들의 일상은 돌연 낯설게 빛을 발하기 시작한다. 낯익은 일상을 낯설게 만들어야 한다. 그럴 때 비로소 당신은 소설이라는 걸 썼다고 할 수 있다.

백 가지 색을 볼 수 있지만 한 번에 한 가지 색밖에 보지 못하는 인간. 그는 무한히 다양한 톤으로 흐려지는, 그렇지만 오직 한 가지인 그런 색으로만 사물을 보았다. 이 색은 그의 감정에 따라 달라졌다. 그가 차분하고 꿈꾸는 듯한 기분일 때, 세상은 푸른 기 도는 빛 속에 잠겼다. 하지만 분노가 그의 심장을 점령할 때면, 이 색은 피처럼 붉은색으로 변했다. 우수는 모든 걸 청록색으로 물들였다, 등등.

—미셸 투르니에, 『떠나지 않는 방랑자』,
신성림 옮김, 영림카디널, 1998

소설을 다 써놓고 소설을 써야 한다

밑그림을 그려라 1

영감과 우연의 함정

〈파인딩 포레스터〉라는 영화에는 두 명의 소설 천재가 등장한다. 세상을 등진 채 고층 아파트에 틀어박혀 살아가는 괴짜 소설가 윌리엄 포레스터와 그를 만나 문학 수업을 하면서 잠재되어 있던 문학적 재능을 발휘하는 16세의 흑인 고등학생 자말 월리스가 그들이다. 『호밀밭의 파수꾼』의 작가인 제롬 데이비드 샐린저를 모델로 했다는 영화 속의 노작가 포레스터는 마음이 시키는 대로 타자기를 두드리라고 권한다. 생각하지 말고 의식하지 말고 내면의 충동에 따르라고, 춤추듯이 손가락을 움직이라고 충고한다. 자말은 포레스터의 가르침을 따르고, 그리고 천재를 증명한다.

이 영화는 은연중에 소설 천재에 대한 환상을 유포하고, 천재가 아닌(예컨대 내면의 충동에 따라 춤추듯이 자판을 두드린다는 걸 꿈에도 생각해보지 못한) 많은 성실한 문학청년들을 절망하게 한다. 내 생각에, 영화에 나오는 그와 같은 방법은 소설 천재들에게는 모르겠으나 그렇지 않은 대다수의 문학청년들에게는 그다지 유익한 것 같지 않다.

우리는 소설에 신동이 있다는 말을 들어보지 못했다. 다섯 살 때 작곡을 했다는 음악가도 있고 열 살도 되기 전에 어려운 수학 문제를 풀었다는 과학자도 있다. 그러나 열 몇 살에 걸작을 쓴 소설가가 있다는 말은 들어보지 못했다. 가령 랭보처럼 간혹 시인 가운데 아주 젊은 나이에 문학적 재능을 발휘한 사람이 있지만 그도 흔한 일은 아니다. 특히 소설은 신동이 없는, 있을 수 없는 장르다. 앞에서 인용한 바 있는 마리오 바르가스 요사는 '작가들을 운명적으로 타고난 사람, 즉 작가로서의 유전자를 갖고 태어난 사람으로 보지 않는다'라는 요지의 말을 했다. 소설은 풍부한 체험과 깊은 사유와 신선한 상상력이 조화롭게 섞여 이루는 하나의 몸이다. 타고난 재능만으로 충분하지 않다. 테크닉의 습득만도 아니다. 삶이, 삶에의 두껍고 깊은 참여가 소설을 만든다.

우연에 기대고 영감에 의존하는 소설 쓰기에 대한 환상은, 당신이 천재가 아니라면 갖지 않는 것이 좋다. 가끔씩은 그야말로 우연히 그럴듯한 영감이 떠올라주기도 한다. 그러나 언제나 그런 것은 아니다. 거기다가 대개 영감은 단편적인 이미지일 경우가 많다. 그런데 소설이란 지속적이고 입체적인 사건들의 연쇄로 이루어져 있다. 이미지는 소설의 복잡한 관계의 네트워크를 감당해내지 못한다.

영감과 우연 또는 자신의 천재성을 자랑스럽게 내세우는 어떤 사람들은 말한다.

"내 소설이 어디로 갈지 나도 모른다. 일단 이미지가 떠오르면 첫 줄을 쓴다. 그리고 영감에 맡긴다."

멋있게 들리는 말이다. 나도 그런 말을 할 수 있

었으면 좋겠다. 이런 말을 한 사람은 자신이 천재임을 선언한 것인데, 만일 천재가 아니라면 무책임하고 경솔하다는 비난을 받아 마땅하다. 그런데 우리는 천재가 그렇게 많지 않다고 알고 있다. 앞의 멋진 말을 가만히 생각해보라. 마치 설교 준비를 하지 않고(왜냐하면 할 필요가 없으니까, 왜냐하면 그가 섬기는 신이 할 말을 그의 입에 넣어줄 테니까) 설교대에 오른다는 신비주의적 종교인을 연상시키지 않는가.

이걸 쓰면 소설이 되겠다는 막연한 생각이 떠올랐을 때 우리가 할 일은 그걸 붙잡고 곧바로 책상에 앉아 소설을 쓰는 것이 아니라 그 막연한 생각을, 어떤 형체가 만들어질 때까지 만지작거리며 조형하는 일이다. 소설가는 신비주의자여서는 안 된다. 궁리하고 추리해야 한다. 소설은 막연한 생각이나 실체가 없는 이미지가 아니라 정교한 조형물이다. 소설을 쓴다는 것은 정교한 조형물을 쌓는 일이다. 조형물이란 특별한 의도와 계획에 따라 이런저런 모양과 여러 가지 색깔의 재료들을 이용해 만들어낸 구조물이다. 이를테면 조각이나 건축물 같은 것. 그런데 어떻게 막무가내로 대들겠는가.

건축을 하기 위해서는 설계도가 필요하다. 직접 공사를 하기 전에 도면 위에 미리 가상의 건축을 해보는 작업이 설계도 작성이다. 설계도는 건축에 우선하고 건축은 설계도에 전적으로 의존한다. 설계도는 축소되어 있지만 생략되어 있지는 않다. 아주 작은 공간도 표시해두어야 한다. 소설을 쓰기 위해서도 역시 설계도가 필요하다. 소설의 설계도도 역시 축소하는 건 몰라도 생략하여서는 안 된다.

밑그림을 그리지 않고 글을 쓴다는 것은 자기가 달려야 할 길이 어딘지도 모른 채 달리는 것과 같다. 목적지를 향해 달려야 할 선수가 엉뚱한 방향으로 달린다든가 길을 몰라 헤매게 된다면 얼마나 딱하겠는가. 밑그림을 그리지 않고 글을 쓰다 보면 도중에 어떻게 써야 할지 몰라 중단하는 일이 생기게 된다.

소설은 하나의 구조물과 같다고 했다. 구조물에서 중요한 것은 균형과 조화다. 많은 재료들이 유기적으로 결합되어 하나의 조화로운 구조물을 이룬다. 유능한 장인은 그 재료들 하나하나가 놓일 자리와 쓰일 순서를 안다. 벽돌 한 장이라도 놓일 자리에 놓이지 않으면 그 구조물은 균형과 조화를 잃게된다. 소설을 쓰는 이는 누구보다 치밀해야 한다. 누구보다 유기적 결합에 신경을 써야 한다.

소설의 설계

어떤 사람은, 그 역시 천재겠지만, 그렇게 하면 영감을 방해하지 않느냐고 이의를 제기한다. 나는 그렇게 생각하지 않는다. 영감이 가장 중요하게 가장 빈번하게 작용해야 하는 영역은 설계도를 그리는 과정이다. 밑그림을 그릴 때 영감의 세례를 기대해야 한다. 밑그림을 그리기 위해 요모조모 따지고 이리저리 굴리고 올렸다 내렸다 쌓았다 부쉈다 하는 그 과정 속으로 영감이 끼어든다.

또한 나름대로 치밀한 밑그림을 그려놓고 집필에 임했는데도 도중에 영감이 떠오르기도 한다. 치밀한 설계도나 밑그림이 영감의 임재를 방해할지도 모른다는 생각은 기우다. 오히려 그 반대다. 영감은 치밀한 설계도를 두려워하지 않는다. 오히려 소설을 쓰는 사람들은 밑그림을 잘 그려놓았을 때 영감이 활발하게 움직이는 경험을 한다. 설교 준비를 치밀하게 열심히 한 사람의 입에 하나님이 더 좋은 말을 넣어준다고 나는 믿는다. 신비주의자가 되지 말라. 신비주의자는 한순간에 모든 것을 뛰어넘으려고 한다. 엑스터시든 니르바나든 홀리지 말라.

쓰다가 중단한 작품을 많이 가지고 있는 사람이 있다. 그런 사람은 설계도나 밑그림 없이 자신의 재능이나 우연한 행운만을 기대하고 무작정 글쓰기를 시작한 사람이다. 발상이 떠올라서 출발은 하고 보았지만 어떤 길을 통해 어디로 가야 할지 알지 못한 상태이니 도중에 길을 잃어버리게 되는 것이다. 길이 헝클어졌으니 다시 길을 내보려고 해도 마찬가지다. 더욱 꼬여만 가고 벗어날 수가 없다.

그러나 자기가 가야 할 길을 미리 알고 출발한 사람은 길을 잃어버릴 수가 없다. 밑그림을 통해 소설이 갈 길을 먼저 가보아야 한다. 그다음에 출발해도 늦지 않다. 늦더라도 아예 도착하지 못한 것보다 훨씬 낫다.

　설계도를 만드는 작업이 더 중요하다. 설계도를 만드는 데 들이는 시간이 소설을 쓰는 데 들이는 시간보다 더 많아야 한다. 말하자면, 소설을 다 써 놓고 소설을 써야 한다.

끝없이 두 갈래로
갈라지는 길들이 있는 정원

밑그림을 그려라 2

치밀하고 구체적으로

쓰다가 만 소설, 엉뚱한 방향으로 가는 소설, 수
습이 안 된 채 끝나는 소설, 앞과 뒤가 사뭇 달라서
혼란스러운 소설 들은 대개 밑그림 작업을 거치지
않고 집필된 소설들이다. 설계도 없이 지어진 건축
물이 불안한 것처럼 이 작품들도 불안하다. 불안하
지 않을 수 없다. 그러면 밑그림은 어떻게 그리는 것
이 좋은가.

치밀하고 섬세할수록 좋다. 코가 엉성한 그물에
는 작은 고기가 걸리지 않는다. 축소는 하되 생략해
서는 안 된다. 가령 당신이 어떤 인물에 대해 밑그

림을 그린다고 하자. 고려할 항목들이 얼마나 될까. 이름, 직업, 나이, 결혼 유무, 결혼했다면 자녀가 있는가 없는가, 결혼하지 않았다면 독신주의자인가 아닌가, 대학을 다녔는가 안 다녔는가, 다녔다면 전공은 무엇인가, 운전을 하는가 하지 않는가, 키와 몸무게, 시력, 고향, 부모의 성향, 성격, 버릇, 외모상의 특징……. 할 수 있는 한 온갖 자질구레한 것들을 다 생각해두는 것이 좋다.

대학을 다녔는가 다니지 않았는가가 소설 속에서 중요하지 않을 수 있다. 심지어는 소설의 어디에서도 언급되지 않을 수도 있다. 그런 경우에도 그에 대한 정보를 미리 설정해두는 것이 유익하다. 완성된 소설에 나올 내용을 미리 다 만들어야 하고, 완성된 소설에 나오지 않을 내용도 밑그림에는 들어있어야 한다. 정작 작품에 나오지 않는다고 해도 하나의 정밀한 구조물로서의 소설을 완성하고 유기적으로 연결하는 데에는 그런 구체적인 정보들이 긴요하기 때문이다. 가령 한 인물에 대한 밑그림을 그리면서 몸무게와 키와 시력과 취미와 태어난 곳과

사는 동네와 자동차 운전 능력 여부 따위와 같은 자질구레한 내용들을 설정해놓았다면, 소설을 써나가는 과정에서 직접 그런 내용이 서술되지 않는다고 해도 그 인물의 어떤 행동이나 그 행동을 하는 순간의 심리 상태를 그릴 때 큰 도움을 받게 된다. 예컨대 몸무게가 많이 나가는 사람의 움직임이 그렇지 않은 사람의 움직임과 같을 수 없는 것이다.

소설가 김동리는 창작 노트를 충실히 쓰는 것으로 유명했는데, 그의 대표작인 「무녀도」의 경우에는 밑그림의 분량이 완성된 작품의 그것보다 더 많았다고 한다. 거기에는 작품의 힌트부터 등장인물의 배치와 성격 분석, 표현의 효과 문제, 현지답사, 참고 문헌 등 아주 세밀한 부분까지 기록되어 있었다는 것이다.

대강의 이야기를 짜놓고 되는대로 얼기설기 이어가보겠다고 대들어선 곤란하다. 예컨대 '두 사람은 사랑하는데 부모님이 반대한다. 그래서 집을 나간다' 같은 식으로는 충분하지 않다. 소설 속에서는 어떤 특정한 부모님(이들에 대한 인물 정보를 모두 작성하라)이, 어떠어떠한 이유로, 어떤 상황 속에서(일화가 있어야 한다), 어떻게 반대한다. 그들은 어떤 집을 나와 어디에서 어떻게 살까……. 물론 구질구질한 일이다. 그런데 그 구질구질함이 소설 쓰기의 과정이다. 구질구질한 것을 두려워하는 사람은 소설 쓰기에 적합하지 않다. 임동헌의 소설 「아이 러브 토일럿」에는 슈퍼마켓에서 산 여행용 화장지와 주유소에서 선물로 제공한 화장지의 장 수를 비교하는 인물이 나온다. 소설가는 아마 그 글을 쓰기 전에 실제로 두 화장지의 낱장을 헤아렸을 것이다. 소설을 쓴다는 것은, 그것이 전부는 아니지만, 그런 과정이 포함되어 있는 작업이다.

기차가 속도를 높이기 시작했다. 주유소에서 주는 휴대용 티슈는 유용하다고, 나는 여전히 엄지와 검지로 비닐을 만지작거리면서 생각했다. 잃어버려도 아깝지 않다는 점에서 그랬고, 휴지를 찾는 낯선 사람에게 내주어도 아깝지 않다는 점에서 그랬다. 손을 뻗으면 언제든 꺼내 쓸 수 있다는 점에서도 유용했다. 나는 티슈 포장지를 만지작거릴 때마다 그 유용함을 생각하지만 불만스러울 때도 있었다. 주유소에서 사은품으로 주는 것이나 나이트클럽 웨이터들이 거리에서 나눠주는 티슈는 표면이 거칠고, 양이 적었다. 배내똥을 누고 난 어린아이의 엉덩짝을 닦아주기에는 아무래도 거칠었다. 언제 설사를 만날지 모르는 사람들이 슈퍼에서 산 것과 같겠거니 하고 가지고 다녔다가는 낭패를 보기 쉬울 정도로 양이 적었다. 사실 슈퍼마켓에서 파는 5백 원짜리 A사 제품에는 55장이 들어 있고, B사 제품에는 50장이 들어 있다. 하지만 사은품이나 홍보용으로 건네는 티슈는 기껏해야 40장이나 35장에 불과했다. 그러나 큰 문제는 아니었다. 그런 사실을 잘 알고 있으니 중요한 것은 무사히 일을 마치느냐 하는 것이다. 정말이지 잘돼야 할 텐데. 사실 잘돼야 한다는 것은 바로, 똥을 향해 하는 말이었다. 정말 잘 나와줘야 했다. 내가 몸을 실은 기차는 한 시간 남짓 달릴 뿐이므로 그 안에 해결을 보아야지 그렇지 않으면 또 일주일을 기다려야 했다.

—임동헌, 「아이 러브 토일렛」, 『별』, 문이당, 2005

밑그림은 치밀할 뿐만 아니라 구체적이어야 한다. 추상적인 밑그림은 작품을 추상적으로 만들거나 아예 작품을 완성하지 못하게 한다. 소설가 전상국은 자신이 작성했던 밑그림 중에서 끝내 작품으로 만들어지지 않은 것을 소개하고 있다.(『소설 창작 강의』, 문학사상사, 2003) 그리고 그 이유를 추상적·관념적 발상과 막연한 아우트라인 때문이라고 스스로 진단했다. 예컨대 '명분을 위해 사는 삶, 요령주의, 권모술수, 한국적인 것의 파괴' 같은 식으로는 곤란하다는 것이다. 소설은 상황 속에서 일어난다. 일화들이 모여서 사건을 이루고 사건들이 모여서 이야기를 이룬다. 소설의 밑그림은 언제 누가 어디서 누구에게 어떻게 했다는 문장을 만족시킬 수 있어야 한다.

질문하고 대답하라

밑그림을 그릴 때 가장 좋은 방법은, 내 생각으로는, 질문하는 것이다. 질문의 꼬리에 질문을 갖다 붙이는 끊임없는 질문의 연쇄를 통해 스스로 길을 터가는 방법. 하나의 질문은 하나의 대답을 만든다. 그리고 그 대답은 다시 다른 질문을 배출한다. 질문과 답의 되풀이가 일정한 회로를 만들면서 부분에서 전체로 확대되고 마침내 하나의 큰 그림을 완성한다. 질문이 없으면 대답도 없다. 질문이 없으면 소설도 없다. 여기서 중요한 의문문은 '왜'와 '어떻게'다.

교도소에 갇힌 수인囚人을 중요한 인물로 설정했다고 하자. 어떤 죄수인가 하는 질문이 곧바로 나온다. 여러 가지 사연을 가진 사람들이 모여 사는 곳이 세상이다. 교도소라고 다를 리 없다. 그 사람은 그곳에 왜 들어갔을까, 하고 물어야 한다. 살인을 했는가, 도둑질을 했는가, 사기를 쳤는가? 무슨 죄를 지었는지에 대해 답하는 순간 소설의 방향이 만들어진다. 살인과 사기는 전혀 다른 이야기의 앞뒤를 가지고 있다. 그 범행이 우발적이었는가 계획적이었는가 하는 질문에 의해 다시 또 방향이 틀어진다. 그 사람이 살인범이라고 가정하자. 그는 누구를 죽였을까? 친척이거나 친구, 동업자이거나 애인, 혹은 아무 상관 없는 행인이 희생자로 선택될 수 있다. 그 선택에 의해 소설은 한 번 더 방향을 튼다. 그리고 희생자가 누가 되느냐에 따라 다른 사연이 만들어질 것이다. 치정이거나 원한 혹은 정신착란. 예컨대 살인의 동기가 다를 수밖에 없는 것이다. 질문은 이어진다. 어디서 죽였는가? 아파트일 수 있고 길거리일 수도 있고 산속일 수도 있다. 어떤 아파트-길-산인지가 나와야 하고, 그 인물이 왜 거기 갔는지가 설명되어야 한다. 살인이 일어난 시간은? 새벽일 수도 있고 밤일 수도 있고 한낮일 수도 있을 것이다. 날씨가 흐렸을 수도 있고 비가 왔을 수도 있고 안개가 끼었을 수도 있고 바람이 몹시 불었을 수도 있을 것이다. 어떻게 죽였는가 하는 질문도 많은 가능한 길들을 펼쳐놓는다. 흉기를 썼을 수도 있고 그렇지 않았을 수도 있다. 흉기를 미리 준비했을 수도 있고 그렇지 않았을 수도 있다. 그 흉기는 칼일 수도 있고 다른 것일 수도 있다. 칼이라면 어떤 칼인지가 질문될 것이고, 누구의 칼인지가 질문될 것이고, 어떻게 구한 칼인지, 어떤 사연을 가진 칼인지가 질문될 것이다. 상대가 반항을 했는지 여부도 물어야 할 것이고, 목격자가 있었는지도 물어야 할 것이고, 그 목격자가 남자인지 여자인지 꼬마인지도 물어야 할 것이고, 그 목격자가 진술을 했는지 하지 않았는지도 물어야 할 것이고, 진술을 했다면 누구에게 유리하게 했는지도 물어야 할 것이고, 진술을 하지 않았다면 무엇 때문에 하지 않았는지도 물어야 할 것이다…….

질문들은 끊임없이 이어진다. 왜? 어떻게? 한 질문에 대답하고 나면 다른 질문이 기다렸다는 듯 곧장 튀어나온다. 튀어나오는 질문들을 소홀하게 다루어서는 안 된다. 질문을 멈추는 순간 대답이 멈추고, 대답이 멈추는 순간 소설도 멈추기 때문이다. 귀찮더라도, 힘들더라도 대답해주어야 한다. 그런 과정을 통해 처음에는 윤곽도 잘 보이지 않던 그림들이 윤곽을 형성해가고, 선이 분명해지고, 선명한 부분이 점차 확대되어가고, 제 몸에 맞는 색깔이 칠해지고, 그리하여 하나의 큰 그림, 소설이 완성된다.

보르헤스의 소설 중에 「끝없이 두 갈래로 갈라지는 길들이 있는 정원」이라는 작품이 있다. 비유하자면, 소설의 밑그림을 그린다는 것은 끝없이 두 갈래로 갈라지는 길들을 만들며 미로의 정원을 완성하는 것이다. 소설은 미로의 정원과 같다. 미로가 없으면 정원이 아니다. 밑그림은 정원에 미로를 만드는 작업이다.

긴장을 배치하라

플롯의 핵심

배치를 어떻게 하느냐에 따라 소설이 달라진다는 말을 앞에서 했다. 선택된 소재들은 통일성과 연결성을 염두에 두고 적절히 배치되어야 한다. 그렇다면 배치의 방법이라고 할까, 구성의 원리라는 것이 있는지 생각해볼 일이다.

의식하지 못하지만 일상 대화에서도 우리는 소박하고 단순하긴 해도 나름의 서사 전략을 구사한다. 가령 부모에게 용돈을 타내려고 할 때 대뜸 돈 주세요, 해서는 성공하기가 쉽지 않다는 걸 알기 때문에 아이들은 부모가 기분 좋아할 만한 말을 먼저

하고, 부모가 거절할 수 없는 이유를 댄다.

어른도 마찬가지다. 이런 경우를 상정해보자. 어떤 어른이 자기 애에게 충고를 하려고 한다. 주제는 공부를 열심히 해야 한다, 이다. 그가 선택한 소재는 이런 것들이다. ① 옆집의 철수. 그 아이는 지난 학기말 시험에서 1등을 했다. 들어보니 책상에 앉으면 다섯 시간이고 열 시간이고 일어나지를 않는다고 한다. ② 대학에 들어가기가 얼마나 어려운가. 중학교와 고등학교에 다니는 학생들은 얼마나 많은가. ③ 불우한 환경에도 불구하고 고시에 패스한 친척 어른의 예. ④ 공부가 가장 쉽다는 말의 의미. ⑤ 10대를 어떻게 보내느냐에 따라 20대의 삶이 결정된다. 20대를 어떻게 보내느냐에 따라 30대의 삶이 결정된다. ⑥ 공부의 효과. 존재의 값이 높아진다. 친구들, 선생님들로부터 인정을 받는다. ⑦ 아들의 습관. 쉽게 만족한다. 운동과 친구들을 너무 좋아한다. 결심은 잘하는데 끈기가 약하다…….

어떤 사람은 설득에 성공하고 어떤 사람은 실패한다. 대개는 소재 때문이 아니다. 이런 정도의 소재는 누구나 찾아낼 수 있다. 문제는 이것들 가운데 어떤 걸 선택하고 어떻게 순서를 만들어 연결 지을 것인가에 있다. 요컨대 플롯이다.

플롯의 핵심이라고 할 수 있는 것은 긴장감이다. 긴장감은 끝까지 관심을 가지고 듣도록(읽도록) 하는 힘이다. 긴장이 없으면 듣지(읽지) 않는다. 들어도 건성으로 듣는다.

끝까지 관심을 갖고 듣거나 읽게 하는 힘은 재미라고 우리는 알고 있다. 맞는 말이다. 재미가 없으면 누가 듣겠는가, 누가 읽겠는가. 그런데 재미있다는 건 무슨 뜻일까. 무엇이 재미있는 것일까? 웃기는 것일까, 울리는 것일까. 무서운 것일까, 싸우는 것일까. 누구는 눈물 흘리게 하는 멜로드라마가 재미있다고 하고, 누구는 007 영화가 재미있다고 하고, 누구는 야구 경기가 재미있다고 하고, 누구는 바둑이 재미있다고 하고, 누구는 〈개그콘서트〉가 재미있다고 한다. 재미있다고 말하는 대상이 있기는 하다. 그런데 사람마다 재미를 느끼는 대상이 다르다.

재미의 실체가 무엇인지 알아야 한다. 잘 생각해보

면 재미는 긴장감의 다른 말이다. 긴장할 때 우리는 재미를 느낀다. 긴장하게 하는 것을 우리는 재미있다고 말한다. 놀이 기구를 탈 때 우리 몸에 나타나는 현상, '손에 땀을 쥐게' 하는 것과 유사한 현상이 '재미있는' 책을 읽거나 영화를 볼 때 가슴이나 머리에서 일어난다. 그때 우리는 재미있다고 느낀다. 그럴 때 우리는 긴장을 하고 있는 것이다. 긴장이 없으면 재미가 없고, 재미가 없으면 읽거나 보지 않는다.

구체적으로 쓰라

긴장은 추리를 요구한다. 이야기에 긴장감을 불어넣는 것은 추리다. 알고 있는 사실을 바탕으로 알지 못하는 것을 미루어 생각하는 것이 추리다. 긴장은 알고 있는 것과 알아야 할, 그러나 아직 알지 못하는 것 사이에서 나온다. 다 알려주면 추리가 필요 없으니 재미없고, 너무 알려주지 않으면 추리가 안 되니 재미가 없다. 감추기와 드러내기의 교묘한 게임이 소설 쓰기다. 일어날 사건은 그 앞에서 어떤 기미를 보여주어야 한다.(복선) 사건의 진전이나 해결을 위해 실마리를 마련해주는 것도 필요하다.(힌트) 복선과 힌트를 적절히 활용하여 우리는 한 편의 소설을 구성한다. 사실은 동원되는 모든 이야기가 이어지는 다음 이야기에 대한 복선이고 힌트여야 한다. 드러내되 감추면서 드러내는 전술을 써야 한다는 뜻이다. 요체는 궁금증을 사라지지 않게 하는 것. 하나의 궁금증이 해결되는 순간 다른 궁금증이 생기도록 하는 것. 궁금증의 지속적인 생산이 중요하다. 소설 쓰기는 이처럼 정교한 작업이다.

사정이 이러한데 사전에 복선이나 힌트를 주지도 않았으면서 난데없는 우연적 사건으로 소설을 끌고 가거나 어이없는 사건을 갑자기 등장시켜 문제를 해결하려고 하면 황당하지 않을 수 없다. 습작생들이 쓴 소설 원고를 보면 이런 대목을 흔하게 읽을 수 있다. 가령 아무런 암시도 없는 상태에서 갑자기 태풍이 몰려와 마을을 쓸어버린다고 결말을 맺는다든지, 사고력이나 판단력이 뒤떨어지는 것으로 설정된 인물이 마땅한 계기나 근거 없이 문득 유식한 말을 하거나 사건의 본질을 꿰뚫어 보는 것과 같은 통찰력을 과시하는 식이다. 인과관계와 상관없이 주인공을 죽게 하는 안이한 결론도 자주 보인다. 작가나 작가가 창조한 소설 속 인물은 필요한 것을 아무 때나 만들어 쓰는 마술사일 수 없다. 소설 속에 설정된 조건들이 인물의 행태나 사건의 추이를 지배한다. "금 나와라, 뚝딱!"이 가능하려면 도깨비방망이가 주어져 있어야 한다.

데우스 엑스 마키나Deux ex machina. 기계장치를 타고 나타난 신에게 모든 문제를 해결하도록 맡기는 일이야말로 무책임하다. 소설은 플롯과 추리의 무대여야 한다. 어이없는 사건의 전개나 안이한 해결보다는 차라리 의미 있는(긴장감이 있는) 갈등을 그대로 유지하는 편이 낫다.

긴장은 구체의 영역에서 태어난다. 그래서 플롯의 또 다른 원리는 구체성이라고 할 수 있다. 추상적인 것들은 긴장으로부터 멀다. 사람의 마음을 움직이기도 어렵다. 그래서 우리의 아이들은 돈 주세요, 하지 않고 책값 주세요, 한다. 아니, 그것도 덜 구체적이다. 좀 더 구체적이려면 참고서와 시집을 사야 하는데 돈이 필요해요, 하고 말해야 한다. 그것도 충분하지 않다. 더 설득력 있으려면 W사에서 나온 수학 참고서 7500원, N사에서 나온 과학 참고서 7000원, 문학 시간에 선생님이 권한 서정주의 시집 한 권이 5000원, 하는 식으로 목록을 제시해야 한다. 구체가 진실을 대변한다. 용돈 주세요, 책값 주세요, 하는 것보다 책의 목록을 대는 게 더 설득력이 있다.

전쟁과 평화, 죄와 고통……. 이런 단어들로부터 감흥을 느끼는 사람은 없다. 당신의 독자가 긴장하기를 바란다면 현장을 보여주는 편을 택해야 한다. 전쟁과 평화라는 막연하고 추상적인 구호 대신, 전쟁 때문에 부모를 잃고 자기 팔도 하나 잃은, 살가죽밖에 남지 않은 검은 얼굴의 소년이 진흙탕 속에서 빵을 건져 먹는 모습을 보여주는 편을 택해야 한다는 뜻이다. 구체적인 언급은 그 글을 쓴 작가에 대한 신뢰를 더해준다. 가령 백화점 여종업원의 세계를 다룬 소설이라면 그 세계의 내부를 사소한 부분까지 구체적으로 그려주는 것이 좋다. 주인공이 안과 의사라면 안과 의사가 사용하는 용어가 전문

적이고 그가 일하는 병원의 모습이 사실적이어야 한다. 그렇게 함으로써 독자는 작가가 그리는 세계가 믿을 만하다는 느낌을 갖게 된다. 소설 속에 묘사된 세계의 구체성이 소설가가 하려는 말(주제)에 대한 믿음을 담보해주는 것이다.

긴장은 속도와 관련 있는 것이라는 선입견을 가지고 있는 사람이 있다. 그러나 반드시 그런 것은 아니다. 극적 긴장을 보여주어야 하는 순간에 오히려 슬로비디오 기법을 사용하는 영화들을 생각해보라. 빠른 전개가 아니라 정교하고 유니크한 전개여야 한다. 구체는 속도감을 떨어뜨린다는 생각을 가지고 있는 사람도 있다. 그렇지 않다. 구체는 시간을 늦추는 것이 아니라 시간의 단위를 바꾸는 것이다. 날짜 단위로 흐르던 시간을 시간 단위로, 시간 단위로 흐르던 시간을 분 단위로, 분 단위로 흐르던 시간을 초 단위로 바꾸는 것이다. 단위가 바뀔 뿐 속도는 느려지지 않는다. 그렇게 느껴진다면 그것은 그 소설이 구체적이어서가 아니라 감추기와 보여주기의 전술을 제대로 구사하지 않았기 때문이다.

전략을 세워라

선택과 배치

취하기와 버리기

화초는 물을 주면 저절로 자라난다. 어떤 사람은 소설 쓰기를 화초 기르기처럼 생각한다. 이를테면 단순한 이미지, 모호한 관념에 의지하여 글을 쓰기 시작하는 사람은, 물을 주면 화초들이 저절로 자라나듯, 지금은 희미하지만 쓰다 보면 어떻게 될 거라는 식의 막연한 기대를 갖고 있는 경우가 많다. 하기야 물을 주는 것도 정성이라면 정성이다. 그렇게 해서 한 편의 소설이 써지지 말라는 법은 없다. 그렇게 해서 써지기만 한다면 그보다 더 좋은 경우도 없을 것이다. 그렇지만 밑그림 그리기의 중요성을

93

이야기하는 자리에서 말한 것처럼, 그런 시도를 하는 사람은 중간에서 길을 잃고 헤매다 결국 포기해야 하는 부담을 감수해야 한다.

내가 생각하기에 소설 쓰기는 '기르기'보다 '만들기' 쪽이다. '저절로 되는' 것이 아니라 '일부러 하는' 것이다. 자연이 아니라 인공이다. 소설이 저절로 자라나는 식물이 아니라 인위적인 조작을 통해 형상을 부여받는 조형물이라는 인식은 소설 창작의 모든 단계에서 거듭거듭 상기되어야 한다.

조형물을 만들 때 고려할 원칙 같은 것을 생각해볼 일이다. 우선 선택이 중요하다. 무엇을 선택할 것인가 하는 질문에는 무엇을 배제할 것인가 하는 질문이 겹쳐 있다. 선택은 취하기와 버리기의 작업이다. 우리 앞에는 재료들이 많다. 때로는 너무 많다. 소설을 쓰려고 할 때 이것도 생각나고 저것도 떠오르고 또 다른 것도 그럴듯해 보여 혼란스러워지는 경험을 하게 된다. 그러나 그 모든 것이 다 유효한 것은 아니다.

인터넷 검색창에 아무 단어든 쳐보라. 수천 개의

웹문서가 순식간에 뜬다. 가령 '사생활'이라는 단어를 입력하고 클릭하면 그 단어가 들어 있는 온갖 문서가 한꺼번에 모니터를 가득 채운다. 인터넷의 바다를 떠돌며 불러내지기를 기다리던 잡다한 문서들이다. 심지어는 '사생 활동' 같은 단어들, '교사 생활' 같은 단어들까지 끼어 있다. 실낱같은 관련이라도 있다 싶으면 그 인연을 앞세워 얼굴을 내미는 형국이다. 우리는 그 많은 관련 문서 가운데에서 꼭 필요한 몇 개를 선택하고 다른 것들은 버린다.

소설 쓰기의 과정에서도 이런 일이 종종 생겨난다. 어떤 소설을 쓰겠다고 마음먹고 앉으면 우리의 머리와 몸과 기억과 감각의 바다를 떠돌던 이런저런 관련 소재들이 불쑥불쑥 얼굴을 내민다. 가령 '사생 활동'이나 '교사 생활' 같은 것까지 치고 올라온다. 그러나 잘 생각해보라. '사생 활동'이나 '교사 생활'이 '사생활'과 관련 있다는 건 명백한 오류다. 자모음의 조합에 속고 있는 것뿐이다. '사생활'과 '사생 활동' '교사 생활' 사이에는 의미상 아무런 연관이 없다. 인터넷 검색엔진이 자모음 조합의 유사성에 속아 엉뚱한 문서들을 토해내는 것과 같은 실수가 소설을 쓰는 과정에서도 번번이 일어난다.

언뜻 보기에 그럴듯한데 자세히 들여다보면 어울리지 않는, 또는 자세히 보지 않아도 어울리지 않는 에피소드나 사건이나 상징이나 진술이 들어 있는 소설들은, 대개 선택의 과정을 소홀히 한 탓이라고 보아야 한다. 이런 작품은 무슨 소리를 하는지 모르겠다든지 산만하다든지 소설이 갈팡질팡한다는 독후감을 불러내게 된다.

경험이 있는 사람은 알겠지만, 취하기보다 버리기가 더 어렵다. 자신이 직접 경험한 것일수록 그렇다. 우리는 모두 어느 정도 경험론자들이다. 내가 경험했으니까 이것은 참이다, 라는 생각의 강박을 아무렇지 않게 무시하기가 쉽지 않다. 그러나 소설을 쓰는 것은 참과 거짓을 구별하는 게임이 아니다. 굳이 말한다면 참과 거짓 가려내기가 아니라 그럴듯하게 꾸미기(조형)다. 그럴듯하지 않은 참이 아니라 그럴듯한 거짓이어야 한다. 그럴듯하지 않은 참은 소설의 흐름에 어울리지 않거나 소설의 흐름을 방해한다.

그래서 요긴한 것을 고르는 안목과 요긴하지 않은 것을 버리는 과감함이 요청되는 것이다.

적절한 배치

선택한 것들을 적절하게 배치하는 일은 그다음의 과제이고, 더 중요한 작업이다. 재료들을 놓는 자리와 순서에 따라 조형물의 모양은 달라진다. 가벼운 것을 아래 놓으면 안정감이 없고, 옆에 놓아야 할 것을 앞에 놓으면 모양이 사나워진다. 크기와 부피, 형태와 색깔을 고려하고 드러낼 것과 감출 것을 적절하게 배치함으로써 하나의 조형물을 탄생시킨다. 아무리 아무렇게나 그냥 만들어진 것 같아도 아무렇게나 그냥 된 것은 없다.

소설도 마찬가지여서, 앞에 쓸 것과 뒤에 쓸 것에 대한 고려를 신중히 하여야 한다. 많이 드러낼 것과 조금 드러낼 것에 대한 숙고도 필요하다. 어느 시점에서 얼마만큼 드러낼 것인가도 중요하다.

질 들뢰즈의 성찰에 의하면, 사물들은 본래적인 성격을 따로 가지고 있는 것이 아니고 무엇과 배치

되느냐에 따라 그 의미와 뜻이 정의된다. 가령 '입'은 강의실·마이크와 배치될 때 '말하는 기계'가 되고, 식당·음식과 배치될 때 '먹는 기계'가 되며, 침실·연인과 배치될 때 '섹스하는 기계'가 된다. 우리가 선택한 재료를 무엇과 연결하고 어디에 배치하느냐에 따라 내용이 사뭇 달라진다는 사실을 기억하는 것이 중요하다.

스토리와 플롯에 대한 잘 알려진 명제가 있다. 스토리는 사건이 일어난 순서에 따라 단순하게 늘어놓는 것이다. 플롯은 사건들을 일어난 순서에 따라서가 아니라 인과관계라든지 전달의 효과라든지하는 다른 기준에 따라 엮어내는 것이다. 세 가지 사건이 있다. ① 왕비가 죽었다. ② 왕은 슬픔에 잠겼다. ③ 왕이 죽었다. 시간의 흐름에 따라 순서대로 나열된 이 사건들은 인과관계에 따라 다음과 같이 말해질 수 있다. '왕비가 죽자 왕은 슬픔에 잠겼다. 그슬픔 때문에 왕도 죽고 말았다.' 사건의 순서를 달리해서 서술할 수도 있다. '왕은 슬픔에 잠겨 있다. 그것은 왕비가 죽었기 때문이다. 왕은 슬픔을 이기지 못하고 죽고 말았다.'(②-①-③) 왕의 죽음을 앞에 놓을 수도 있다. '왕이 죽은 것은 왕비가 죽었기 때문이다. 왕비의 죽음이 왕을 슬프게 했다.'(③-①-②) '왕은 슬픔에 잠겨서 죽고 말았다. 왕비가 죽었기 때문이다.'(②-③-①) 전달의 효과와 작가의 의도에 따라 가장 적절한 모양으로 소재들이 배치돼야 한다.

졸작 「심인광고」에는 군인일 때 부대 근처 도시의 한 다방 여자와 연애를 했던 남자가 나온다. 그는 제대할 무렵 '오지 않으면 죽어버리겠다'라는 그녀의 애원을 무시하고 그녀에게 가지 않는다. 그는 제대하고 그녀를 잊는다. 그는 회사에 취직하고 결혼하고 아이를 낳고 평범하지만 정상적인 사회인으로 산다. 그런 그가 암에 걸린다. 의사는 몇 개월밖에 살지 못할 거라고 진단한다. 그는 여행을 떠난다. 그러다가 문득 그 여자가 했던 말을 떠올린다. "안 오면 죽어버릴 거예요." 그 여자를 찾아 제대한 후 한 번도 가본 적이 없는 그 고장으로 간다. 그러고 그 여자의 무덤에 꽃을 바친다. 이야기의 순서는 이렇게 된다. 그러나 소설에서는 암 선고를 받고 여행을 떠나는 이야기가 먼저 나온다. 사실은 그것도 아니다. 소설에서 그는 이미 죽은 상태이고, 그의 딸이 아버지의 과거를 복원하기 위해 신문광고를 내는 것으로 시작한다. 아니, 그것도 아니다. 이 소설은 그 딸이 내보낸 신문광고를 한 소설가가 우연히 읽게 된다는 설정을 했다. 몇 겹으로 숨은 진실을 들춰내기 위해 그런 장치들이 필요했다. 이야기가 시간의 순서에 따라 단순하게 나열되기만 하면 밋밋하고 건조할 수밖에 없다. 시간의 순서를 바꾸고 외곽에서 사건에 접근해가는 통로를 만들어 나름대로 긴장감을 내장할 수 있다. 그러한 과정 속에 주제도 담긴다.

바둑을 두는 사람은 판을 읽는다는 말을 한다. 한 수씩 두지만 한 점을 착수할 때마다 전체 판을 머릿속에 그린다는 것이다. 이 수 다음에 상대가 어떤 수를 둘지, 그 수에 대해 어떻게 대응해야 할지, 그리고 그다음 수는 무엇이 될지…… 수많은 경우의 수를 다 헤아린다는 것이다. 한 수가 중요한 것은, 그 한 수가 전체 바둑의 모양 또는 승부와 긴밀하게 연결되어 있기 때문이다. 바둑 기사는 한 수

한 수를 둘 때 전체 바둑과의 통일성을 생각하고 다른 수와의 연결성을 생각한다.

전략 없이 바둑을 두는 사람은 없다. 마찬가지로 전략 없이 소설을 써서도 안 된다. 소설을 쓰는 사람은 바둑 기사처럼 치밀하고 정교해야 한다. 바둑을 두는 사람에게 바둑판이 하나의 세계인 것처럼 소설을 쓰는 사람에게는 소설이 하나의 세계다. 바둑 기사가 바둑 한 판을 경영하듯 소설가는 소설판을 경영하는 것이다.

통일성과 연결성이 여기서는 중요하다. 하나의 재료(사건, 인물, 일화, 이미지, 상징, 진술 등)를 배치할 때 그것이 전체 소설을 이루는 데 적절하게 기여하는지(통일감), 다른 재료들(사건, 인물, 일화, 이미지, 상징, 진술 등)과 긴밀하게 잘 어울리는지(연결성) 살펴야 한다. 같은 재료를 주고 소설을 쓰라고 할 때 모든 사람이 같은 소설을 쓸 것 같은가? 그렇지 않다. 배치를 어떻게 하느냐에 따라 소설이 달라진다는 사실을 명심하라. 소설가는 전략가여야 한다.

고독을 이길 힘이 없다면 문학을 목표로 할 자격이 없다. 세상에 대해, 혹은 모든 집단과 조직에 대해 홀로 버틸 대로 버티며 거기에서 튕겨 나오는 스파크를 글로 환원해야 한다. 가장 위태로운 입장에 서서 불안정한 발밑을 끊임없이 자각하면서 아슬아슬한 선상에서 몸으로 부딪치는 그 반복이 순수문학을 하는 사람의 자세인 것이다.

—마루야마 겐지, 『소설가의 각오』,

김난주 옮김, 문학동네, 1999

강을 건너는 이야기를 써라

목적지를 찾아가는 과정

흔히 소설은 유기체에 비유된다. 소설이 유기체라는 것은 여러 요소들이 긴밀하게 연결된 하나의 조직이라는 뜻이다. 조직은 모임이고, 모임이되 질서정연한 모임이다. 소설 창작에서 가공과 조작이 필연적인 것은 그런 이유다. 아무리 자연스러운 소설도 인공이다. 아름다운 산천 앞에 서서 사람들은 더러 "예술이다!" 하고 감탄하기도 하지만, 그러나 자연은 예술이 아니다. 자연이 예술일 수 없는 것은 그것이 가공되지 않았기 때문이다. 자연을 누가 작품이라고 말하겠는가. 신의 작품이라면 혹시 몰라도 사람의 작품은 아니다. 사람은 자연을 재료로 하여 작품을 만든다. 그래서 인공이다. 강가에서 주운 돌(재료)은 가공을 거쳐 작품이 된다.

따라서 소설 속의 이야기들은 가공된 것이다. 가공의 과정에서 간과하면 안 되는 원칙은 유기적 연결이다. 이야기들은 일관성을 유지해야 하고, 삽화들은 인과관계에 따라 긴밀하게 연결되어야 한다. 우리의 육체가 그런 것처럼 소설의 육체 또한 그래야 한다. 아니, 소설이 하나의 육체다. 그 과정에서 현장감이라고 할 만한 효과가 생겨난다.

다른 비유를 하자면, 소설을 쓰는 것은 길 찾기와 같다. 소설을 창작하는 과정은 약도(밑그림)를 가지고 목적지를 찾아가는 모험이나 다름없다. 당신의 주인공이 숲을 떠나 성에 가야 한다고 가정해보자. 숲은 이쪽이고 성은 저쪽이다. 숲은 당신의 주인공이 지금 있는 곳(현실)이기 때문에 중요하고 성은 당신의 주인공이 가야 할 곳(목적)이기 때문에 중요하다. 그런데 숲과 성 사이에 강이 있다면 어떻게 할 것인가. 강은 중요하지 않다. 왜냐하면 강은 지금 당신의 주인공이 있는 곳도 아니고 당신의 주인공이 가야 할 곳도 아니기 때문이다. 중요한 것은 이곳과 저곳이다. 그러나 당신과 당신의 주인공은 강을 무시할 수도 없다. 왜냐하면 이곳과 저곳 사이에 강이 있기 때문이다. 당신의 주인공은 강을 건너 성에 이르러야 하기 때문이다. 강을 건너지 않고 성에 이를 수 없다는 이 엄연한 사실은, 비록 강이 당신과 당신의 주인공의 중요한 관심 사항이 아니더라도 강을 향해 걸음을 내딛도록 유도한다.

소설을 쓸 때 조급한 사람들은 자기가 정해놓은 목적지만을 향해 한눈팔지 않고 내달리려고 한다. 과정은 과감하게 생략된다. 왜냐하면 그것은, 지금 자기가 하려고 하는 중요한 이야기에 비해 시시하고 하찮은 것이기 때문이다. 자기가 하고자 하는 그 중요한 이야기를 빨리하는 것이 시급하기 때문이다. 더러는 그 중요한 이야기를 하기 위해서라면 별로 중요하지 않은 것들이 무시되거나 생략되어도 상관없다고 생각한다. 틀린 생각이다. 강을 거치지 않고 숲에서 곧장 성 안으로 들어가는 격이 아닌가. 그런 일이 불가능하다는 걸 우리는 알고 있다. 강을 지나지 않고 성에 다다를 수 없는 것처럼 과정을 무시하고 결말에 이를 수도 없다. 숲과 성만 써서는 안 된다. 강을 건너는 이야기도 써야 한다.

예를 들어보자. 당신이 어떤 찻집에서 일어난 특별한 사건을 소설로 쓴다고 하자. 당신의 관심은 그 특별한 사건을 기술하는 것이다. 그 특별한 사건은 당신의 소설에서 아주 중요하다. 당신은 그 사건을 통해서 중요한 진실 혹은 심오한 사상을 드러내고 싶어 한다. 그럴 때, 그렇게 중요하고 심오한 무언가를 드러내고자 하는 당신이 먼저 염두에 두어야 할 것은 당신의 소설 속 인물이 그 찻집에서 일어난 특별한 사건을 경험하기 위해서는 먼저 그 현장에 있어야 한다는 사실이다.

그는 먼저 그곳에 가야 한다. 그러니까 그가 그곳에 어떻게 왜 갔는가를 먼저 써야 한다. 누구를 만나기 위해 갔을 수도 있고 차를 마시기 위해 갔을 수도 있고 텔레비전을 보기 위해 갔을 수도 있다. 그가 만나려고 했던 사람은 변심한 애인일 수도 있고 20년 만에 만나는 스승일 수도 있고 빚쟁이일 수도 있다. 그가 그곳에 차를 마시러 간 것은 그 집의 차 맛이 유난히 좋기 때문일 수도 있고 그 찻집에서만 끓여내는 특별한 차가 있어서일 수도 있다. 그가 텔레비전을 보기 위해 그 찻집에 들어갔다면 그 이유는 자기 집에 텔레비전이 없어서일 수도 있고 꼭 봐야 할 프로그램이 바로 그 시간에 방송되었기 때문일 수도 있다. 혼자 갔을 수도 있고 여러 사람이 어울려 갔을 수도 있다. 텔레비전에서는 미니시리즈가 나오고 있었을 수도 있고 야구 중계가 나오고 있었을 수도 있다. 가자마자 사건을 목격했을 수도 있지만, 누군가와 이야기를 나누거나 텔레비전을 보거나 차를 마시다가 그랬을 수도 있다.

물론 그런 건 당신이 하려는 이야기가 아니다. 당신은 훨씬 중요하고 훌륭한 그 특별한 사건을 이야기해야 하고, 그것에 비교할 때 그런 것 따위—뭘 하러 갔느냐, 누구랑 갔느냐, 가서 뭘 하고 있었느냐—는 시시하고 하찮은 것에 지나지 않을지 모른다. 그러나 시시하고 하찮지만, 말하자면 그것이 바로 강이다. 당신이 그 특별한 사건(성)에 이르기 위해 건너야 할 강이다. 강을 건너지 않고 성에 이를 수 없고, 그것을 무시하고 특별한 사건을 쓸 수 없다.

생략과 건너뛰기의 유혹

강을 건너기 위해서는 물속으로 걸어 들어가야 하고, 그렇게 되면 몸을 적시게 된다는 사실도 함께 유념해야 한다. 물에 몸을 적시지 않고 강을 건널 수는 없다. 몸에 묻은 물이야말로 강을 건넜다는 증거다. 당신은 몸에 물을 적심으로써만 강을 건넜다는 사실을 증명할 수 있다. 다른 길은 없다.

혹시 당신은 몸에 물을 적시지 않고 강을 건너갈 수도 있지 않느냐고 반문할지 모른다. 가령 비행기나 배를 타고 갈 수도 있지 않은가. 하지만 틀린 생각이다. 그 경우에 강을 건넌 것은 비행기나 배지 당신이 아니다. 당신은 다만 비행기나 배에 타고 있었을 뿐이다. 몸으로 건너야 한다. 몸이 건너야 한다. 발이 젖고 머리가 젖고 입 속으로 물이 들어갈 때 비로소 강을 건넜다고 할 수 있다.

구체가 소설의 핵심이다. 거듭 말하지만, 소설은 육체여야 한다. 그러니까 소설 쓰기는 전혀 고상한 일이 아니다. 우리의 삶이 고상하지 않기 때문에 소설 또한 고상하지 않다. 삶이 지리멸렬하고 구질구질한 것처럼 소설 쓰기 또한 지리멸렬하고 구질구질하다. 손에 흙을 묻혀가며 배추를 뽑고 손에 고춧가루를 묻혀가며 김치를 담근다. 배추를 밥상에 올리기 위해서는 먼저 흙을 손에 묻혀가며 배추를 뽑고 고춧가루를 묻혀가며 김치를 담가야 한다. 소설은 김치를 보여주는 것이 아니라 배추 뽑는 손, 고춧가루 범벅이 된 손을 보여주는 것이다.

압축과 비약의 유혹에 넘어가지 말아야 한다. 우리의 삶은 압축되지 않고, 될 수 없고, 비약할 수도 없다. 강물 속으로 몸을 밀어 넣어야 한다. 그리하여 물이 당신의 몸속으로 스미게 해야 한다. 그 길밖에 없다.

육화의 방식

이야기와 인물

인물은 어떻게 만들어지는가

소설이 이야기만은 아니라는 말은, 물론 맞는 말이지만, 소설에서 이야기가 차지하는 비중이 얼마나 큰가를 역설적으로 증거한다. 소설은 이야기만은 아니지만 그러나 우선 이야기다. 이야기 없이는 소설이 되지 않는다는 점에서 그러하다. 어떤 빛나는 감각이나 어떤 심오한 사유도 이야기를 통하지 않고는 소설이 되지 않는다. 이야기를 갖지 않은 어떤 심오함, 어떤 고상함도 소설이라고 할 수 없다. 아니, 심오함이나 고상함이 소설과 무슨 상관이란 말인가. 그것들이 이야기의 힘을 빌리지 않고서 무슨 수로 소설과 상관한단 말인가.

이야기는 소설의 육체다. 형체가 없는 것들은 보이지 않는다. 보이지 않는 것들은 볼 수가 없다. 추상은 구체를 통해서만 인식되고 관념은 형상을 통해서만 식별된다. 소설을 쓰는 작업을 형상화라고 부르는 것은 그 때문이다. 형체가 없는, 눈에 보이지 않는 관념을 눈에 보이도록 형체를 부여하는 작업. 기독교의 중요한 교리 가운데 하나가 인카네이션 incarnation, 즉 육화肉化다. 영靈인, 눈에 보이지 않고 만질 수도 없는 하나님이 눈에 보이고 만져질 수 있도록 육체를 입고 이 세상에 왔다는 사상이다. 육체를 입고 이 땅에 온 하나님, 즉 예수를 통해 우리가 비로소 하나님을 볼 수 있었다는 생각이다. 이 교리에 비유해서 말하자면, 소설을 쓴다는 것은 인카네이션의 작업이다. 육화. 관념에 육체 입히기. 물론 여기서 육체는 이야기다.

'사랑은 죽음보다 강하다'라는 관념이 어떻게 소설이 될 수 있을지를 생각해보라. 사랑은 죽음보다 강하다는 관념은 영혼과 같아서 볼 수 없고 만질 수 없다. 머릿속에 웅크리고 있는 이 명제는, 온갖 장애와 어려움을 극복하고, 죽음보다 강한 사랑을 경험한 사람들의 구체적인 이야기를 통해 실체를 획득한다. 사랑은 죽음보다 강하다고 말하는 것이 아니라, 죽음과 같은 상황에서 죽음을 뛰어넘는 사랑을 하는 사람을 보여주어야 하는 것이 소설이다. 말이 아니라 그림이고, 주장이 아니라 이야기여야 한다. 소설을 읽는 독자는 작가가 하는 주장을 듣는 것이 아니라 작가가 보여주는 이야기를 보는 것이다.

육체를 이루는 것은 살과 피와 신경과 뼈들이다. 이야기라는 육체를 만드는 것은 시간과 공간 그리고 인물이다. 시간과 공간(상황) 위에서 인물들이 움직인다. 이 움직임이 이야기를 산출한다. 아니, 이 움직임이 곧 이야기다. 움직인다는 것은 시간이 흐른다는 뜻이다. 공간은 인물에게 처소를 제공하고 시간은 인물에게 움직임을 제공한다. 시간이 만물을 움직이게 한다. 시간이 흐르지 않으면 모든 것은 정지한다. 당연히 이야기도 멈춘다. 그러니까 이야기는 시간이라는 동력을 필요로 한다.

마땅한 공간과 시간의 배치는 이야기의 활력을 위해 중요하다. 이야기는 공간과 시간에 제한을 받기 때문이다. 바닷가를 무대로 했을 때와 도시의 지하철 안을 무대로 했을 때 이야기의 방향이 같을 수 없다. 조선 시대를 택했을 때와 현대를 택했을 때, 새벽과 한낮, 겨울과 여름, 눈 오는 날과 비가 오는 날도 마찬가지로 이야기를 다른 방향으로 끌고 갈 수밖에 없다. 그러니까 시간과 공간은 이야기의 성격을 상당 부분 결정해버린다. 이 말은 이야기의 성격에 따라 적절한 시간과 공간을 설정해야 한다는 뜻이다. 이야기가 시간과 공간에 제한받는 것처럼 시간과 공간 또한 이야기에 제한되는 속성을 갖는다. 가령 새마을운동이 벌어지고 있는 시대의 주인공을 이야기하자면 별수 없이 1970년대의 어느 한 시간, 시골 마을을 배경으로 잡지 않을 수 없다. 이순신 이야기라면 이순신 시대로 가야 하고 정약용 이야기라면 정약용의 공간으로 가야 한다.

이제 인물에 대해 이야기하자. 소설은 인물이다,

라고 어떤 사람은 말한다. 이야기는 시간이나 공간의 이야기가 아니라 인물의 이야기다. 그러니까 소설 창작을 위해 밑그림을 그릴 때 가장 많이 고민해야 하는 부분이 인물 설정이다. 시간이 가도 지워지지 않는 독창적인 소설 속의 인물들을 우리는 알고 있다. 가령 『죄와 벌』의 라스콜리니코프, 또는 『데미안』의 데미안과 에바 부인, 『적과 흑』의 쥘리앵……. 인물이 이야기를 주도한다. 인물을 통해 작가는 자신의 소설 세계를 펼친다. 인물은, 많은 경우에, 작가의 대리인이다. 물론 작가를 인물과 동일시할 수는 없다. 그렇지만 작가는 어떤 식으로든, 인물 속에 끼어들거나 인물 뒤에 숨거나 혹은 인물을 방치하거나 경멸하거나 함으로써, 인물을 통해 자신의 의도와 욕망을 드러낸다. 그 드러내기의 방식이 교묘해서 잘 눈치채지 못할 경우가 많기는 하지만.

인물 형상화와 관련하여 유념할 것은 전형적인 인물과 개성적인 인물에 대해 인식하는 것이다. 우선 특정한 집단이나 신분의 유형화된 성격을 포착하는 것이 중요하겠다. 장교 생활을 오래한 사람이나 학교에서 초등학생을 가르치면서 평생을 보낸 사람이나 몸을 파는 여자들에게는 그들만의 특징적인 성향이 만들어지게 마련이다. 그들의 몸에 밴 습관이나 태도, 가치관 같은 것이 형성한 인물의 모습, 그것을 전형성이라고 한다. 전형적 인물에 치중할 때 소설은 현실의 인물을 반영하는 쪽에 집중하게 된다. 그러나 군인이라고 해서 다 똑같다고 할 수 없고, 이 세상의 모든 초등학교 교사가 모두 같은 가치관을 가지고 있다고 할 수도 없고, 몸을 파는 모든 여자가 동일한 습관을 가지고 있는 것도 아니다. 개인은 집단의 일원이지만 그러나 또 독립된 우주다. 인물의 개체적 특성에 대한 관심은 새로운 인물, 요컨대 성격의 창조라는 과제에 도전하게 만든다.

소설 속에 그려지는 인물은 한 작품 안에서 일관성을 유지해야 한다. 물론 이 말은 인물이 평면적이어야 한다는 뜻은 아니다. 시간은 인물을 움직이게 만들고, 인물의 태도와 세계관을 변화시키고, 따라서 인물은 시간과 함께 이동한다. 하지만 전라도 사투리를 쓰던 사람이 납득할 만한 근거 없이 경상도 사투리를 쓴다든가, 돼지고기를 싫어한다는 사람이 어느 장면에서 돼지고기를 맛있게 먹는다든가, 소박하고 검소한 성격으로 설정된 사람이 온갖 장신구를 다 갖추고 나타난다면 독자는 당황하지 않을 수 없을 것이다.

설정된 조건을 초월할 수 없다는 것이 소설 속에 등장하는 인물들의 운명이다. 강원도 산골에서 태어나고 자란, 9남매의 막내인 열두 살짜리 초등학교 여자아이를 묘사할 때 당신은 그 아이가 구사할 수 있는 수준의 말을 하게 해야 하고, 그 아이의 조건과 환경에 어울리는 행동을 하게 해야 한다. 시간과 공간이 그런 것처럼 인물들 또한 제한적이다.

인물은 어떻게 보여지는가

인물을 드러내기 위한 방식으로 전통적으로 많이 사용된 것은 생김새나 신체의 특징을 묘사하는 것이다. 눈이 어떻다든지 코가 어떻게 생겼다든지 키가 얼마나 된다든지 하는 식으로 신체의 특징적인 부분을 묘사함으로써 그 인물의 성격을 드러낼 수 있다. "그는 육십 살쯤 된, 몸집이 작고 백발이 성성한 노인이었다. (…) 그 눈빛에는 뭔가 말할 수 없이 조용하고 온화한 것이 있어서 (…)"(도스토옙스키, 『죽음의 집의 기록』) 하는 식이다. 집안이나 출신 학교 같은 객관적인 자료를 통해 인물을 알리기도 한다. 이 방법은 좀 지루하고 고루하긴 하지만 오늘날도 여전히 즐겨 쓰인다. 말버릇이나 특징적인 몸짓 또는 습관을 이용하여 성격을 드러내는 방법도 좋다. 이런 방법은 일종의 캐리커처 수법이라고 할 수 있겠다. 캐리커처는 사람의 얼굴을 사진처럼 생긴 그대로 그리는 것이 아니라 그 사람의 개성이라고 할 수 있는 특정 부분을 유난히 강조하여 누가 보더라도 그 사람이구나 하고 고개가 끄덕여지도록 그리는 방법이다. 사진처럼 똑같지는 않지만 사진보다 더 효과적으로 그 사람을 느끼게 한다. 캐리커처를 잘하기 위해서는 그 사람의 남다른 특징이나 개성을 잘 포착해야 한다. 심리학 또는 병리학적 증상이나 증후군을 차용할 수도 있다. 가령 결벽증이나 특정 사물이나 현상에 대한 알레르기 반응 같은 것. 다른 인물의 입을 통해 소개하는 방법도 괜찮다. 사건에 반응하는 그만의 개성적인 태도를 보여줌으로써 그가 어떤 인물인지를 보여줄 수 있다면 더 좋다.

권하고 싶은 한 가지 방법은 주변에서 모델이 될 만한 인물을 선택하여 소설 속에 이용하는 것이다. 가상의 인물을 막연하게 설정하고 써나가다 보면 그 인물의 성격이 불분명하기 때문에 명쾌한 서술이 어려워지고 일관성 유지가 힘들어지기도 한다. 또 까딱 잘못하면 상투적 전형성에 빠질 수도 있다. 하지만 자기가 잘 아는 실제 인물을 염두에 두고 쓰면 그 인물이 등장하는 대목에서는 그 사람을 떠올리면 되기 때문에 그런 실수를 피할 수 있다. 데뷔작을 쓸 때 나는 내 은사 가운데 한 분을 거의 그대로 베껴서 한 인물을 만들었다. 그렇게 함으로써 비교적 선명하고 일관성 있는 인물 만들기에 성공할 수 있었다.

당신 주위의 모든 것이 소설의 재료다. 인물이라고 예외일 수 없다.

누구에게 말하게 할 것인가

화자의 문제

누군가에 의해 말해진 이야기

다음 질문에 대답해보라. 목포가 가까운가, 수원이 가까운가. 대답할 수 있는가? 목포라고 대답하는 사람도 있고 수원이라고 말하는 사람도 있을 것이다. 말할 수 없다고 답한 사람도 있을 것이다. 목포라고 대답한 사람은 왜 목포가 수원보다 가깝다고 생각했을까? 수원이라고 답한 사람은? 그것은 그가 서 있는 위치와 관계가 있다. 자기가 어디에 위치해 있느냐에 따라 이 질문에 대한 답이 달라진다. 예컨대 광주에 살고 있는 사람에게 목포는 수원보다 가깝다. 그러나 서울이나 인천에 살고 있는 사람에게는 당연히 수원이 목포보다 가깝다. 기준은 언제나 그가 서 있는 자리다. 여기서 그는 말하는 역할을 맡은 사람이다.

다시 이런 경우를 생각해보자. 여기에 방이 있고 문이 있다. 그리고 누군가 방 안쪽에서 방 바깥쪽으로 움직인다. 그럴 때 그는 (방에서 밖으로) 걸어 '나오'는가, 걸어' 나가'는가. 이 질문에 대한 대답 역시 당신(대답하는 사람)이 어디에 위치해 있느냐에 따라 달라진다. 당신이 방 안에 있다면 "그가 걸어 나간다"라고 말할 것이다. 당신이 방 밖에 있다면 "그가 걸어 나온다"라고 말할 것이다. 여기서도 말하는 사람인 당신이 어디에 있느냐가 역시 기준이다.

그가 어떻게 움직였는지를 알게 되는 것은 그 사실을 전해주는 사람의 입을 통해서다. 그러니까 움직이는 사람이 있고, 그가 움직이는 걸 본 사람이 있다. 우리는 그(인물)가 어떻게 움직였는지(사건)를 직접 본 것이 아니고, 그걸 직접 보고 전해주는 사람(화자)의 말을 통해 알게 된다.

허구든 실화든 모든 이야기는 누군가를 통해 서술된 것이다. 앞에서 예를 든 것처럼 누가 말하느냐에 따라, 말하는 사람이 어디에 위치하느냐에 따라 이야기는 달라질 수밖에 없다. 실제로 무슨 일이 일어났는지를 우리는 알 수 없다. 우리가 알 수 있는 것은 실제로 일어난 일에 대해 '말하는' 사람에 의해 '말해진' 사실들이다. 그런 의미에서 사실 자체는 존재하지 않는다. 존재하는 것은 사실에 대한 누군가의 언급이다. 모든 역사는 그것을 기술하는 자의 역사다. 사건의 본질이 따로 존재하는 것이 아니고 그것을 바라보는 자의 해석이 존재하는 것이다.

쉬운 예를 들어보자. 두 사람이 싸움을 했다. 만일 우리가 그 싸움의 현장에 없었다면 우리는 어떻게 그 싸움에 대해 알 수 있는가. 현장을 목격한 사람의 서술을 통해서다. 그런데 그것은 전하는 사람의 입장과 욕망과 의도에 의해 해석되고 재구성된 싸움이지 싸움의 본질은 아니다. 아니, 싸움의 본질이 있는가? 그런 건 없다. 열 명의 목격자는 열 개의 다른 이야기를 할 수 있다. 누구와 가깝고 누구와 어떤 이해관계를 맺고 있고 누구에게 어떤 감정을 가지고 있느냐에 따라 기술이 달라진다. 결국 열 명의 화자는 열 개의 싸움을 기술한다. 그것은 말하는 사람의 욕망과 의도와 입장에 의해 해석되고 재구성된 싸움이다. 말하는 사람은 사건을 전하면서 은밀하게 또는 노골적으로 자신의 욕망과 의도를 집어넣는다. 여기저기 떠돌아다니던 구전 시대의 이야기꾼들을 생각해보라. 곰을 속인 여우 이야기가 있다고 하자. 만일 어떤 마을에 갔는데 여우가 어떤 동물인지 본 적도 없고 알지도 못한다면 그 이야기꾼은 여우를 그 마을 사람들에게 친숙한 다른 동물, 이를테면 개나 늑대로 바꿔서 이야기를 전할 것이다. 그 마을 사람들이 곰을 토템으로 섬긴다면 이야기는 또 조금 변형될 것이다. 그 이야기꾼의 부모 중 한 사람이 곰의 공격을 받아 다친 적이 있다면 그의 감정이 어떤 식으로든 이야기에 영향을 끼치지 않을 수 없다.

말하는 사람의 욕망과 의도와 입장에 의해 해석되고 재구성되지 않는 사건이란 없다. 그러니까 우리는 어떤 이야기를 들을 때 그 사건과 함께 그 사건을 옮기는 사람의 욕망과 의도도 함께 듣는 셈이다. 이것이 소설이다. 소설은 허구의 이야기지만, 그러나 누군가에 의해 말해진 이야기다.

작가를 대신하여 말하는 사람

그러므로 소설을 쓰려고 할 때, 그러니까 허구의 이야기를 풀어놓으려고 할 때 먼저 상정해야 하는 것은 누구의 입을 빌려 말할 것인가다.

물론 소설을 쓰는 사람은 작가다. 그러니까 이야기를 하는 사람은 작가 자신이라고 할 수 있다. 우리는 소설 속에서 작가의 목소리를 듣는 것이 사실이다. 그러나 작가는 직접 말하는 대신 누군가를 내세워 말하게 하고 자신은 그 뒤에 숨는다. 작가는 작품 밖에 있다. 작가로부터 이야기를 듣는 독자 역시 작품 밖에 있다. 작품 안에서, 작가를 대신하여 말하는 사람은 따로 있다. 그가 화자다. 그러니까 화자는 작가가 대신 말하게 하려고 내세운 허구의 인물이다.

자, 그러니 결정하여야 한다. 누구에게 말하게 할 것인가. 첫 번째로 고려할 것은 화자를 사건에 참여하고 있는 인물 가운데 한 명으로 할 것인가 아니면 사건에 참여하지 않은, 사건 밖의 존재로 할 것인가다. 원칙은 없다. 준비된 이야기를 가장 효과적으로 전달할 수 있는 화자를 선택하면 된다.

사건에 참여하고 있는 등장인물 가운데 누군가 한 사람을 화자로 선택할 때 소설은 1인칭 시점이 된다. 화자는 자기가 이야기하는 사건들 속에 섞여서 사건의 일부를 이루거나 만든다.

'나는 출근하기 위해 집을 나섰다'라는 문장으로 시작하는 소설이 있다고 하자. 여기서 '나'는 작가가 아니고 작가가 만든 이야기 속에 등장하는 여러 인물 가운데 한 사람이다. 작가는 자기가 만든 이야기 속의 인물들 가운데 한 사람(주인공이거나 주변 인물인)을 택해 이야기를 대신 하게 한다.

1인칭 시점은 인물-화자의 내면세계를 드러내는 데 가장 적합하다. 반면에 이야기가 '나'의 조건과 시각을 벗어날 수 없다는 한계가 있다. 가령 전라도 출신의, 공부는 잘 못하고 노래는 잘하는 열두 살짜리 여자아이를 1인칭 화자로 설정했을 때, 소설은 그 아이의 조건과 능력을 벗어난 이야기를 전개할 수 없고 그래서도 안 된다. 이것은 규칙이다. 화자가 이 규칙을 위반할 때 소설은 설득력을 상실하게 된다.

1인칭 시점은 화자로 선택된 인물의 내면세계를 가장 잘 드러낼 수 있다는 장점과 화자의 처지와 조건에 제한된다는 약점을 동시에 지닌다.

화자가 사건 밖에 있다는 것은, 등장인물로서 사건 속에 참여하고 있는 것이 아니라 사건 밖에서 사건을 바라보고 있다는 뜻이다. 그렇기 때문에 '나는'이라고 쓸 수 없다. 화자는 사건에 참여하고 있는 인물들의 이름을 부르거나 그 또는 그녀라고 호칭한다. 3인칭 화자다.

3인칭 화자를 택했을 때 작가는 화자에게 신적인 전지전능을 부여할 수 있다. 말 그대로다. 화자는 신과 같아서 모르는 것이 없다. 그러므로 인물들에 대해서든 사건의 진행에 대해서든 묘사할 수 없는 것이 없고 서술할 수 없는 것이 없다. 장편소설, 특히 대하소설이 전지적 3인칭 화자를 선호하는 것은 이런 성격 때문이다. 어떠한 제한도 받지 않지만, 모든 인물을 공평하게 취급해야 하는 이 시점의 특성상 내면의 깊이를 그리는 데에는 취약하다고 할 수 있다. 또한 작가의 지나친 개입은 독자들의 상상력을 제한하고 소설을 읽는 즐거움을 반감시킬 수도 있다.

화자가 이야기 바깥에 있되 신적인 전지전능을 갖는 대신 특정한 인물 뒤에 숨어서 관찰하고 그것을 기술하는 시점을 택할 수도 있다. 이 경우 화자는 한 인물의 입장이 되어 그가 보고 듣고 생각한 것만을 들려주게 된다. 효과는 등장인물 가운데 한 사람을 내세운 1인칭 시점과 거의 유사하다.

한 명의 화자에게만 이야기를 맡기는 것이 불만스러워서 여러 명의 화자를 등장시킬 수도 있다. 가령 한 사건에 대한 여러 가지 시각을 입체적으로 보여주고 싶을 때는 여러 명의 화자를 번갈아 등장시켜 상이한 관점에서 이야기를 들려줄 수도 있다.

1인칭과 3인칭을 오가며 서술할 수도 있고, 1인칭을 유지하되 화자 '나'의 역할을 맡은 인물을 바꿔가며 서술할 수도 있다.

누구에게 말을 하게 할 것인가는 전적으로 작가의 선택이다. 각각 장점이 있고 단점도 있다. 자신이 구상한 이야기를 가장 효과적으로 전달해줄 수 있는 적임자가 누구인지를 결정하는 일은 그 이야기를 구상한 사람의 몫이다. 작가는 자유롭게, 그러나 나름의 고려와 전략에 의해 자신의 화자를 창조한다. 작가는 작품 바깥에 있고, 작품에 우선한다.

화자의 층위에 대하여

세상에는 무수하게 많은 사건이 일어나지만, 전하는 사람이 없으면 우리는 어떤 사건이 일어났는지 알지 못한다. 자기가 경험한 경우를 제외하면 우리가 아는 것은 사건 자체가 아니라 전달하는 사람이 전해준 사건이다. 그러니까 그 사건은 전달하는 사람의 세계관이나 지적 수준이나 윤리 감각이나 취향 같은 것에 의해 재구성된 것이다. 같은 사건이 다르게 전달되는 이유이고, 전달하는 사람의 중요성이 강조되는 이유다. 전달하는 사람, 즉 화자의 조건을 뛰어넘는 서술은 불가능하다. 가령 유치원생 화자는 유치원생의 조건을 뛰어넘어 말할 수 없다. 특정 종교나 이념에 충실한 사람이 그 종교나 이념에 어긋난 진술을 하는 것이 가능한가. 심리적으로 불안한 사람, 정신적으로 온전하지 않은 사람은 어떤가. 화자의 조건 때문에 실제로 무슨 일이 일어났는지 모호해질 수 있다. 실제로 무슨 일이 일어났는지 알기 위해서 화자의 어떤 조건들을 걸어내야 하는 일도 생긴다.

예컨대 어린아이가 엄마와 아빠가 침대에서 싸우고 있다고 말할 때 우리는 그 밤중에 그 방에서 실제로 일어난 일이 무엇인지 짐작할 수 있는데, 그것은 화자인 어린아이의 조건(어른의 사랑에 대해 알지 못하는)을 이해하기 때문이다. 어린아이의 조건을 감안하여, 걸어내고 그 사건을 이해하는 것이다.

'그는 갑자기 토끼로 변했다'라는 문장을 생각해보자. 이 문장이 실제로 어떤 사건에 대해 말하고 있는지는 화자가 어떤 조건을 가진 사람인지를 제대로 이해해야만 알 수 있다. 사람이 토끼로 변하는 것은 흔한 일이 아닐 뿐 아니라 상식적인 일도 아니다. '그는 갑자기 토끼로 변했다'라고 진술되었지만 그가 실제로 토끼로 변했을 수도 있고 그렇지 않았을 수도 있다는 말이다.

마리오 바르가스 요사는 이 문제를 사건의 층위와 화자의 층위를 구별함으로써 설명한 바 있는데, 예컨대 사건에 대해 말하는 화자가 사실 층위에 있다면, 즉 그의 진술이 믿을 만하다면, 그 사람이 토끼로 변한 이 환상적인 사건은, 비록 현실에서 일어나기 어려운 비상식적인 일이지만, 실제로 일어난 것이 맞다. 환상적인 사건이 일어난 것을 사실 층위의 화자가 보고 말한 것이기 때문이다. 그러나 만일 화자가 환상 층위에 있다면, 즉 그의 상태가 불안정해서 그가 한 말을 곧이곧대로 믿을 수 없다면, 우리는 그가 본 것이 실제로 일어난 일이 아니라 그의 환상 속에서 일어난 일이라고 짐작할 수 있다.

사실 층위의 화자가 '그는 악수를 하기 위해 손을 내밀었다'라고 말한 문장을 환상 층위의 화자는 '그 사람은 상대방을 때리기 위해 가슴 쪽으로 손을 내뻗었다'라는 식으로 말할 수 있다. 그 사람이 실제로 상대방을 때리기 위해 가슴 쪽으로 손을 내뻗었을 수 있다.(이때 화자는 사실 층위에 있다.) 그러나 실제 일어난 일이 악수를 하기 위해 손을 내민 것인데 상대방을 때리기 위해 가슴 쪽으로 손을 내뻗었다고 기술한 것이라면, 이때 이 화자는 환상 층위에 있다고 할 수 있다.

다시 '그는 갑자기 토끼로 변했다'라는 문장을 생각해보자. 이 사건이 실제로 일어난 사건이라면 어떨까? 사람이 토끼로 변한, 현실에서 일어나기 힘든 비상식적인 일(환상 층위의 사건)을 사실 층위의 화자가 서술한다면 어떨까? 이 화자의 말을 믿지 않을 이유가 없다면? 그럴 때는 당연히 그런 환상적인 사건을 목도한 자의 당혹과 의심, 혹은 신비스러운 경험에 대한 경외감의 표현이 나오는 것이 일반적이고 합리적이라고 할 수 있다. 경악하거나 믿을 수 없어 하거나 어쩔 줄 몰라 할 것이다. 화자가 사실 층위에 있을 때 이야기다.

그런데 만일 화자 역시 환상 층위에 있다면? 그러니까 환상 층위의 화자가 환상 층위의 사건을 목도하고 전달한다면 어떻게 서술될까? 경악이나 당혹이나 의심은 화자가 상식과 합리의 자리를 지키고 있을 때의 반응으로 마땅하다. 그렇지만 화자 역시 환상의 자리에 있다면 경악이나 당혹이나 의심의 표현이 반드시 나와야 하는 것은 아니다. 사람이 토끼로 변하는 비현실적이고 환상적인 일이 일어났지만 화자 역시 환상, 즉 비현실 속에 있을 때는 그 일이 자연스럽고 당연하다는 듯 서술할 수 있을 것이다. 혹은 쉽게 상상할 수 없는 또 다른 의외의 서술이 나올 수 있을 것이다.

카프카의 소설 「변신」은 "어느 날 아침 불안한 꿈에서 깨어난 그레고르 잠자는 침대 속에서 한 마리의 흉측한 갑충으로 변해 있는 자신의 모습을 발견했다"라는 문장으로 시작한다. 사람이 벌레로 변했다고? 이 문장을 믿을 수 있을까? 라는 질문은, 이 사실을 전해주는 사람(화자)을 믿을 수 있을까? 라는 질문과 다르지 않다. 그레고르 잠자가 실제로 벌레로 변한 것이 아니라, 전달하는 사람이 환상 층위에 있어서 벌레로 변한 것으로 착각하고(가령 웅크리고 있는 큰 몸집의 남자가 침대에서 천천히 몸을 움직이는 모습을 벌레가 꿈틀거리는 것으로 생각하고) 서술한 것이라고 화자를 의심해볼 수 있지 않을까? 그러나 이어지는 문장들이 화자의 자리가 환상 층위에 있지 않음을 알게 한다. 이런 문장을 보라.

'이게 웬 변고란 말인가?' 하고 그는 생각했다. 정녕 꿈은 아닌 것 같았다. 비록 좁은 방이긴 하지만 인간이 거처하는 방에 이렇게 어엿이 누워 있지 않은가. 주위를 둘러보니 그 방은 분명 그가 생활하던 방이었으며, 사방의 벽 또한 눈에 익었다. (…) '잠이나 좀 더 자야겠어. 그러고 나면 이런 터무니없는 환각에서 깨어날 수 있을 거야' 하고 그는 생각했다. 그러나 그것 역시 불가능한 일이었다.

이게 웬 변고란 말인가? 하고 그는 생각했다는 문장에서 우리는 그레고르 잠자(인물)가 상식적이고 현실적인 사고를 하고 있다는 사실을 깨닫는다. 잠에서 깨어난 그는 자기가 벌레로 변해 있다는 사실을 변고라고 생각한다. 화자 역시 자기에게 일어난 비현실적인 일을 이해할 수 없어 하는 인물의 상태를 사실적으로 잘 전달한다. 사건은 비현실적이지만, 그 비현실적 사건을 전달하는 화자의 서술은 매우 구체적이고 현실적이다. 어떻게 이런 일이 일어났는지 믿을 수 없어 하는 그레고르의 상태가 눈앞에 선명하게 보인다. 그레고르가 벌레로 변한 환상적인 사건을 서술하고 있는 화자가 환상 층위에 있지 않기 때문이다.

반대의 경우를 생각해보자.

> 엄마는 매표소 안에서 온몸에 어린 자식들을 주렁주렁 매달고 동전들을 셌다. 첫째인 내가 감당이 안 될 만큼 훌쩍 자라자 엄마는 매표소 문을 빠끔히 열고는 나를 길바닥에 떨어뜨렸다. 동생들도 그렇게 한 명씩 1,2년의 시간 차를 두고 매표소 밖 길바닥에 떨어뜨렸다.

김숨의 단편 「사막여우 우리 앞으로」에 나오는 문장이다. 한 평도 안 되는 조립식 매점에서 껌이나 복권 따위를 팔며 혼자 힘으로 자식들을 키워낸 어머니의 삶에 대해 화자인 큰딸이 들려주는 내용이다. 화자는 엄마가 매표소 안에서 밖으로 나오지 않으며, 자식들이 웬만큼 자라면 매표소 문을 열고 길바닥에 떨어뜨린다고 전해준다. 이것은 실제 일어난 일에 대한 사실적인 보고일까? 그레고르 잠자의 경우와는 달리 그렇지 않다는 사실을 우리는 어렵지 않게 짐작할 수 있다. 우리는 그녀의 환상을 감안하고, 실제로 무슨 사건이 일어났는지, 그녀에 의해 서술된 문장이 무엇을 말하고 있는지 읽어야 한다.

앞의 예문에서 보듯 대개의 경우 사실 층위에 있는 화자의 진술은 구체적이지만 환상 층위에 있는 화자의 진술은 모호하다. 사실 층위의 화자는 비현실적인 사건도 구체적으로 말하지만 환상 층위의 화자는 현실적인 사건조차 모호하게 말한다.

작가는 의도와 효율성에 따라 사건과 화자의 층위를 자유롭게 정할 수 있다. 유념할 한 가지는 화자의 층위를 일관성 있게 유지하는 것이다. 인물이 그런 것처럼 화자도 성격을 가지고 있다. 그럴 만한 근거나 이유 없이 화자가 사실 층위에서 환상 층위로 옮겨 가거나 환상 층위에서 사실 층위로 옮겨 가는 것은 규칙 위반이다. 1인칭 화자인 경우 환각제나 돌발적인 정신착란에 의해 일시적으로 환상 층위로 이동하는 것과 같은 일은 일어날 수 있다. 그러나 납득할 만한 사유 없이 일관성을 해치는 것은 용납되지 않는다. 화자는 주어진 조건을 위배해서 말할 수 없다.

내가 읽지 않은 책은 이 세상에 없는 책이다. 예를 들어 내가 아직까지 읽어보지 못한 톨스토이의 『전쟁과 평화』는 내가 읽어보지 못했으므로 이 세상에 존재하지 않는다. 그것이 존재하기 위해서는 톨스토이도 다른 누구도 아닌 바로 내가 그 책을 읽어야 한다.

내가 한 권의 낯선 책을 읽는 행위는 곧 한 권의 새로운 책을 쓰는 일이다. 이렇게 해서 나는 내가 읽는 모든 책의 양부가 되고 의사pseudo 저자가 된다.

—장정일, 『장정일의 독서일기』,

범우사, 1994

지하에도 물이 흐른다

상징과 은유

소설에 비추어진 세계

소설을 거울에 비추인 상으로 인식하는 의견에 우리는 꽤 익숙해 있다. 이른바 세계를 반영하는 것이 소설이라는 생각. 여기에는 두 가지 요소가 들어 있다. 세계가 그 하나이고, 거울이 다른 하나다. 세계가 있고, 세계를 비추는 거울이 있다.

세계는 복잡하고 무질서하고 혼란스럽고 어지럽다. 세계는 둥글기도 하고 갸름하기도 하고 반짝거리기도 하고 어둡기도 하고 딱딱하기도 하고 물렁물렁하기도 하고 반듯하기도 하고 삐뚤빼뚤하기도 하고 깊기도 하고 높기도 하다. 둥글기만 한 것도

아니고 어둡기만 한 것도 아니고 반듯하기만 한 것
도 아니고 깊기만 한 것도 아니다. 그 모든 것이 우
리가 살고 있는 세계의 모습이다. 소설은 종잡을 수
없는, 이것이면서 저것인, 그러나 이것만도 아니고
저것만도 아닌 무정형의 세계를 비춘다.

그러나 세계가 그렇다고 해서 소설 속에 비추인
세계마저 종잡을 길 없어야 하는 것은 아니다. 소설
을 통해 반사되는 순간 세계는 일정한 형태를 얻는
다(얻어야 한다). 무정형의 세계에 형태를 부여하는
작업이 소설 쓰기인 까닭이다. 여기서 중요한 것이
거울의 반사면이다. 거울은 감정도 욕망도 생각도
없는 죽은 물체가 아니다. 거울은 세계를 비추되 자
신의 감정과 욕망과 생각에 따라 세계에 질서를 부
여하고 형태를 부여해서 비춘다. 거울을 통과해 나
온 세계는 거울의 반사면(의 감정과 욕망과 생각)에 의
해 정리되고 해석되고 재구성된 세계다.

어떤 거울은 예쁘게 비추고 어떤 거울은 날씬하
게 비춘다. 거울이 다 같은 것 같아도 그렇지 않다
는 사실을 우리는 알고 있다. 거의 같지만 그러나

똑같은 것은 하나도 없다. 거울의 표면이 다 다르니까 비추는 것도 다를 수밖에 없다. 소설에서 세계를 정리하고 해석하고 재구성하는 역할은 작가의 세계관과 욕망과 체험이 맡아 한다. 세계를 반영하는 소설이 다 다른 것은 그것을 비추는 작가의 세계관이나 욕망이나 체험이 다르기 때문이다. 우리는 여기서 세계를 무시하고는 소설을 생각할 수 없지만(왜냐하면 세계를 비춰야 하니까), 또한 작가의 세계관이나 욕망이나 체험에 의해 정리되고 해석되고 재구성될 때만(왜냐하면 세계를 다르게 비춰내야 하니까) 소설이 생겨난다는 깨달음에 이른다. 그러니까 소설은 세계를 비추되 다르게 비춘다.

사건이나 현상을 그저 서술하거나 묘사하는 것으로는 충분하지 않다. 그런 소설을 읽으면 독자들은 대개 "그래서 어쨌다는 말이야?" 하는 반응을 보인다. 이 반응의 속내에는 적어도 세 가지 생각이 숨어 있다. '무슨 소린지 혼란스럽군'이 그 하나이고, '그 정도는 나도 알아'가 다른 하나이고, '그러니까 그게 당신에게 무엇인지를 말해봐'가 또 다른 하나다. 예컨대 소설 독자들은 맨-현실을 보려고 하는 것이 아니고 거울에 비추어진 현실을 보려고 하는 것이다. 거울을 통해 일정한 형태를 부여받은 세계를 보려고 하는 것이다. 예컨대 소설 독자들은 현실이 아니라 현실에 대한 작가의 해석을 읽고 싶은 것이다. 작가의 해석을 통해 재구성된 현실을 만나고 싶은 것이다. 작가인 거울. 작가의 욕망이며 세계관인 거울의 반사면.

저 아래층에서 끌어올려라

자명해진 사실은, 세계에 대한 해석이 없이는 소설이 되지 않는다는 것이다. 그런데 그 해석은 담론의 수준이어서는 안 된다. 소설가는 말하는 자가 아니고 소설은 말이 아니다. 담론은, 소설이 되기 위해, 아무리 튼튼한 담론이라고 해도, 아니, 튼튼할수록 더욱더, 스스로 몸을 해체하여 다른 몸으로 변신하여야 한다. 예컨대 메타포나 상징.

양귀자가 쓴 「한계령」이라는 소설에서 우리는 나이트클럽에서 노래를 부르는 밤무대 가수인 초등학교 동창생과의 우연한 전화 통화를 통해 화자가 술회하는 유년기의 구질구질한 과거사와 현재의 스산한 삶에 대해 듣게 된다. 사연은 곡진하고 나름대로 절실하지만 그러나 어찌 보면 그렇고 그런 이야기다. 뭐 대단한 이야기라고, 그래서 어쨌단 말인가, 하는 투정이 새어나오려고 할 즈음에 작가는 "저 산은 내게 내려가라, 내려가라 하네, 지친 내 어깨를 떠미네……" 운운하는 〈한계령〉의 노랫말을 들려준다. 그렇게 하여 이 그렇고 그런 이야기는 불현듯 빛을 발하며 떠오른다. 그 순간, 독자들은 소설 속에 그려진 인물들의 사연을 한계령이라는 반사면을 통해 받아들일 것을 요청받는다. 소설이 되는 찰나다.

은자의 순서는 끝난 것인지, 지금 등장한 여가수가 바로 은자인지 나로서는 전혀 알 도리가 없었다. 내가 서 있는 자리에서 무대까지는 꽤 먼 거리였고, 색색의 조명은 여가수의 윤곽을 어지럽게 만들어놓기만 하였다. 짙은 화장과 늘어뜨린 머리는 여가수의 나이조차 어림할 수 없게 하였다. 25년 전의 은자 얼굴이 어땠는가를 생각해보려 애썼지만 내 머릿속은 캄캄하기만 하였다.

노래를 들으면 혹시 알아차릴 수도 있을 것 같아 나는 긴장 속에서 여가수의 입을 지켜보았다. 서서히 음악이 흘러나오기 시작하였다. 악단의 반주는 암울하였으며 느리고 장중하였다. 이제까지의 들떠 있던 무대 분위기는 일시에 사라지고 오직 무거운 빛깔의 음악만이 좌중을 사로잡았다.

그리고 탁 트인 음성의 노래가 여가수의 붉은 입술에서 흘러나오기 시작하였다.

"저 산은 내게 우지 마라, 우지 마라 하고 발아래 젖은 계곡 첩첩산중……."

가수의 깊고 그윽한 노랫소리가 홀의 구석구석으로 스며들면서 대신 악단의 반주는 점차 희미해져갔다.

나는 자신도 모르게 한 걸음 앞으로 나가서 노래를 맞아들이고 있었다. 무언지 모를 아득한 느낌이 내 등허리를 훑어 내리고, 팔뚝으로 번개처럼 소름이 돋아났다. 나는 오싹 몸을 떨면서 또 한 걸음 앞으로 나갔다. 가수는 호흡을 한껏 조절하면서, 눈을 감은 채 노래를 이어가고 있었다.

"저 산은 내게 잊으라, 잊어버리라 하고 내 가슴을 쓸어내리네……."

가수의 목소리는 그윽하고도 깊었다.

거기까지 듣고 나서야 나는 비로소 저 노래를 예전부터 알고 있었다는 데 생각이 미쳤다. 분명 몇 번 들은 적이 있었다. 그랬음에도 전혀 처음 듣는 것처럼 나는 노래에 빠져 있었다. 아니, 노래가 나를 몰아대었다. 다른 생각을 할 틈도 없이 노래는 급류처럼 거세게 흘러 들이닥쳤다.

—양귀자, 「한계령」, 『1992년 제16회 이상문학상 작품집』,

문학사상사, 1992

임동헌이 쓴 소설 가운데 「아이 러브 토일럿」이 있다. 사기를 당해 빈털터리가 된 사나이가 틈을 내어 사기꾼들을 찾아다닌다는 외연을 가진 이 소설에서 작가는 일주일 치의 배변을 위해 일부러 덜컹거리는 교외선 기차를 타고 기차 화장실에 들어가

는 변비 환자의 사연을 병치한다. 기차 화장실에서
의 변비 해결이라는 에피소드는 주인공의 비참하고
갑갑한 현실을 훨씬 더 잘 이해하게 할 뿐 아니라
현실의 다른 층을 보여줌으로써 소설의 품을 만드
는 데 기여한다.

한 맥주 회사는 한때 '지하 150미터 암반층에서
퍼 올린 암반수'를 내세움으로써 맥주 시장에 파란
을 일으켰다. 술 소비자들의 관심을 끌어모은 것은,
내가 생각하기에, 그저 '150미터 암반층'이었다. 깊
은 층에서 퍼 올린 물에 대한 신뢰가 이 맥주를 선
택하게 한 요인이었을 거라고 생각하는 것이다.

소설도 층을 가져야 한다. 두 개, 세 개의 층을 갖
추어야 한다. 가능하다면 지하 150미터 암반층에서
끌어올려야 한다. 이루어지기 어려운 힘든 사랑을
하는 두 사람의 이야기를 소설로 쓴다고 하자. 소설
은 그들이 자동차에서 데이트하는 장면, 몰래 모텔
에 들어가는 장면, 서로를 껴안고 불안해하거나 안
쓰러워하는 장면을 보여줄 수 있다. 죄의식을 토로
하는 장면이나 자책하는 장면을 보여주기도 할 것

이다. 소설은 대체로 현실 속에서 벌어지는 사건을 중심으로 전개된다. 그러나 그것만이라면 어쩐지 허전하지 않겠는가. 그래서 어쨌단 말이야? 하는 질문과 맞닥뜨리지 않겠는가.

그런 소설은 비유하자면 지표수의 물로 만든 맥주와 같다. 만일 그들의 사랑이 현실(지상)에서 이루어질 수 없는 것으로 인식한 주인공들의 지하(비현실)에 대한 꿈꾸기나 신화 속의 인물에 대한 동일시의 과정을 보여준다면 소설은 달라질 것이다. 층이 생기니까. 그 내부의 깊은 층에서 끌어올려진 메타포나 상징은 지표면의 그렇고 그런 사연들에 다른 빛을 비춘다.

상징과 은유와 이미지를 적절하게 이용하라. 지하에도 물이 흐른다는 걸 생각하라. 지하 깊은 곳에 암반층이 있다는 걸 잊지 말라.

시간이 만든 소설,
공간이 만든 소설

소설의 시간

소설이 될 만한 무엇이 떠오르긴 했는데 어떻게 써야 할지 막막할 때 참고할 만한 몇 가지 유형을 생각해보자. 다 그런 건 아니지만, 발상이나 소재가 그 안에 이미 소설의 완성된 꼴을 가지고 있다고 할 수 있다. 이 말은, 소재나 발상에 따라 더 잘 어울리는 소설의 유형이 있다는 뜻이지 어떤 소재는 반드시 어떤 유형으로 써야 한다는 무슨 규칙이 있다는 뜻은 아니다.

소설을 이루는 두 개의 축은 시간과 공간이다. 시간이 만드는 소설이 있고, 공간이 만드는 소설이 있다. 물론 시간만으로 이루어진 소설이나 공간만으로 이루어진 소설이 있다는 뜻은 아니다. 시간과 공간은 존재의 씨줄과 날줄이다. 시간과 공간이 없으면 존재가 없다. 존재한다는 것은 시간과 공간이 만든 좌표 가운데 어느 한 점을 점유하고 있다는 뜻이다. 소설 또한 시간과 공간의 조건을 벗어날 수 없다. 그렇지만 우리는 유형에 따라, 시간의 흐름이 중요한 소설과 공간의 형상이 중요한 소설을 나눌 수 있다.

시간의 축에 있는 소설적 요소는 움직임, 사건, 기억, 회상 등이다. 이것들이 이야기를 만든다. 모든 이야기는 시간의 산물이다. 시간이 흐르지 않으면 이야기도 멈춘다. 이야기가 진행되게 하려면 시간을 흐르게 해야 한다. 움직임이나 사건, 기억과 회상에 의지하는 이런 소설은 서사 위주의 소설이 되기 쉽다.

사건이 만들어지고 이야기가 형성되려면 인물이 움직여야 한다. 인물은 어떻게 움직이는가. 인물이 움직이려면 마땅한 동기가 주어져야 한다. 소설 속에서 인물은 합당한 동기 없이는 움직이지 않는다.

이른바 리얼리티 혹은 개연성 확보의 문제다.

현실 속에서 일어나는 사건에 대해서는 리얼리티나 개연성을 증명해야 할 이유가 없다. 현실 속에서는 성수대교가 무너지기도 하고 중학교 3학년 애가 죽은 엄마 옆에서 6개월 동안 먹고 자기도 한다. 실제로 일어났고 직접 경험했다고 한 일을 누가 의심하겠는가. 현실의 경험은 개연성을 초월해 있다. 그것은 증명해야 할 대상이 아니다. 그러나 당신이 성수대교가 무너지는 이야기나 죽은 사람과 6개월 동안 한 방에서 지내는 소년 이야기를 소설로 쓰려고 할 때는 어떻게 그런 일이 일어났는지를 설득하지 않으면 안 된다. 소설 속의 사건이 리얼리티가 없다거나 설득력이 없다는 지적에 대해 자신이 직접 경험한 일이라고 강변하는 사람이 있다. 그래서 어떻단 말인가. 소설 속의 사건은 직접 경험한 것이어야 할 필요가 없다. 실제로 그런 일이 현실에서 일어났느냐 일어나지 않았느냐는 건 소설의 리얼리티와 아무 상관이 없다. 현실 속에서는 몰라도 소설 속에서는 어떤 시시한 사건도 '그냥' 일어나는 법이 없다. 역설이다. 그리고 그것이 현실이 더 소설 같고 소설이 더 현실 같은 이유다.

인물을 움직이게 한다? 인물을 움직이게 하려면 어떻게 해야 하는가? 자극을 주어야 한다. 자극에 대한 반응이 움직임으로 나타난다. 그리고 인물이 움직여야 사건이 일어나고 이야기가 전개된다. 가령 누군가에게 편지가 온다고 가정해보자. 혹은 전화나 전보. 그리고 전해지는 내용이 누군가의 부음이나 사고 소식이라고 가정해보라. 그걸 전해 들은 사람이 아무런 행동도 하지 않을 수는 없다.

이것은 아주 흔하고 판에 박힌 하나의 소설 유형이다. 발신자가 있고, 그 발신자는 인물에게 어떤 임무를 부여한다. 이제 인물은 그 임무를 완수하기 위해 어디론가 이동해야 한다.

이런 식이다. 고향에서 전화가 온다. 소식을 전해주는 사람은 친척 가운데 한 사람이다. 소식을 전하는 사람은 삼촌이나 할아버지 또는 마을 사람 가운데 누군가 죽었거나 위독하다고 알려온다. 그 사람은 직접적으로든 간접적으로든 고향으로 내려

올 것을 요구한다. 임무가 주어진 것이다. 우리의 주인공은 고민에 빠진다. 고민의 내용은 고향에 갈 것인가 말 것인가다. 그런데 그는 왜 고민을 하는가. 가야 하는데 가지 못할 사정이 있기 때문이다. 갈수 없는 사정이 가야 한다는 당위와 싸운다. 싸움은 치열할수록 좋다. 이제 우리의 인물은 그 싸움이 진행되는 사이사이에 고향에 갈 수 없는 사연의 내막을 독자에게 노출한다. 회상과 기억이 역할을하는 것이다. 그 사연은 기차나 버스를 타고 내려가는 순간까지 분산되어 소개된다. 마침내 우리의 주인공은 고민과 갈등 끝에 고향에 이르고 문제를 해결하든가 화해를 이끌어내든가 한다. 그렇게 하여임무를 완성하는 것이다. 그러고 처음에 있던 자리로 돌아오면서 소설이 끝난다.

사건과 이야기를 중심으로 짜인 시간 위주의 소설들은 흔히 이런 패턴을 모방하거나 변용한다.

소설의 공간

이와는 달리 공간 자체가 말을 하는 소설이 있다.

이런 소설에서는, 물론 여기서도 인물과 사건과 이야기가 없을 수 없지만, 분위기와 이미지와 상징과 묘사가 상대적으로 중요한 요소가 된다. 가령 공동묘지라는 공간은 아직 아무 사건이 일어나지 않았어도 나름의 분위기와 소설의 방향을 암시한다.

버스 안에 타고 있는 사람들을 묘사함으로써 일정한 소설적 효과를 거두고 있는 소설들은 그 버스 안을 세계 또는 사회의 축소로 인식시킨다.(이청준의 「살아 있는 늪」을 볼 것.) 교실 안의 학생들을 등장시킨 소설도 마찬가지다.(이문열의 『우리들의 일그러진 영웅』을 볼 것.) 그럴 때 버스나 교실 안에 있는 사람들은 이 세계 또는 우리가 살고 있는 사회를 이루고 있는 특정 집단 혹은 신분을 대표한다. 이른바 전형적인 인물. 그 안에서 벌어지고 있는 사건들은 우의성을 띠며 상징의 빛을 발하는 것이 일반적이다. 터널을 빠져나오는 소설을 읽을 때 우리는 터널의 우의성을 이해한다.(이승우의 「터널」을 볼 것.)

이런 소설에서는 공간에 놓인 소도구들 하나도 그냥 놓이지 않는다. 어떤 공간에 소파가 놓여 있다고 하자. 시간이 만드는 소설(이야기가 중요한 소설)에서는 소파는 단순히 사람이 앉는 도구에 지나지 않는 경우가 많고 또 그래도 상관없다. 그러나 공간이 역할을 하고 묘사가 중요한 소설에서는 소파가 그저 단순한 도구일 수 없다. 도구 이상이다. 그것은 낡은 소파, 붉은 소파, 우단 소파 등의 배치를 통해 고유한 상징성을 확보하게 된다. 권태를 나타내기도 하고, 기다림을 표시하기도 하고, 열정을 표현하기도 하고, 폐기 처분 직전의 처지를 상징하기도 할 것이다.

안개나 비도 그냥 내리지 않는다. 현실 속에서는 어떤지 모르지만 소설 속에서는 내릴 만할 때 내리고 표현할 이미지가 분명할 때 내린다. 그것들이 만드는 분위기와 이미지가 소설의 몸을 이룬다. 때때로 공간이 곧 캐릭터라고 말해지는 것은 이런 경우다.

어울리지 않는 장식은
하지 않은 것만 못하다

좋은 문장의 조건

문장, 소설의 시작과 완성

소설은 이야기이고, 그러나 이야기만은 아니고, 세계에 대한 작가의 입장, 즉 세계관이 들어가야 하고, 그러나 그것이 이야기 속에 적절하게 용해되어야 하고, 그래서 마치 추어탕 속의 미꾸라지가 그렇듯 이야기에 완전히 녹아들어 작가의 생각이나 의도가 보이지 않아야 하고, 독자는 다만 이야기를 통해 그것을 전달받아야 한다. 이야기는 관념을 품어야 하고, 관념은 이야기를 향해 열려야 한다.

그런데 어떻게? 재미있는 이야기든 심오한 생각이든 작가는 그것을 어떻게 전달하고 독자는 그것을 어떻게 전달받는가? 여기에 '자유'라는 제목을 붙인 조각품이 하나 있다고 하자. 학생모 차림의 젊은 청년들이 깃발을 들고 함성을 지르고 있다고 하자. 이 조각 작품 역시 작가의 어떤 생각과 형상을 표현하고 있다. 형상은 깃발을 들고 함성을 지르는 청년들이고 생각(주제)은 자유다. 그런데 그것을 표현하기 위해 사용된 재료는 돌이나 청동이다. 조각가는 돌이나 청동을 잘 다루어야 한다. 표현하려고 하는 관념이 훌륭하고 형상이 근사하다고 해서 좋은 조각품이 탄생하는 것은 아니다. 그것들이 중요하지만 그것들만으로는 충분하지 않다. 그 훌륭한 관념, 그 근사한 형상이 돌이나 청동에 잘 표현되었을 때 좋은 작품이라고 한다. 돌이나 청동을 잘 다루어야 한다는 것은 그런 뜻이다.

소설의 재료는 언어이고 문장이다. 어떤 고상한 생각이나 어떤 근사한 이야기가 좋은 소설이 되기 위해서는 그것들이 잘 표현되어야 한다. 조각가가 돌이나 청동을 잘 다루어야 하는 것처럼 소설을 쓰려는 사람은 문장을 잘 다루어야 한다. 문장은 소설의 처음이고 또 마지막이다. 소설의 기본을 이루는 것도 문장이고 소설을 완성시키는 것도 문장이다. 소설이 되었느냐 되지 않았느냐를 가늠하는 첫 번째 기준이 문장이고, 소설의 격과 차원을 운위할 때 빼놓을 수 없는 마지막 기준도 문장이다.

소설을 쓸 때 우리가 이용하는 문장의 양식은 대체로 서사와 묘사다. 더러 설명을 하기도 하고 드물게는 논증을 써먹기도 하지만 그러나 소설 문장에서 중요한 것은 서사와 묘사다. 서사는 '무슨 일이 일어났는가'를 밝히는 글이다. 묘사는 '그것이 무엇인가'를 밝히는 글이다. 서사는 시간의 흐름을 기술하고 묘사는 공간의 양상을 기술한다. 서사는 시간적인 글쓰기이고 묘사는 공간적인 글쓰기다. 서사는 움직임이나 행동에 대해 말해주고(그러니까 시간이 흐르고) 묘사는 모양이나 양상에 대해 그림을 그려 보여준다(그러니까 공간에 놓인다). 서사는 '무엇무엇을 했다'의 표현이고 묘사는 '어떠어떠하다'의 표현이다. 서사는 동사를 필요로 하고 묘사는 형용사를 필요로 한다.

작가 개개인의 성향에 따라 묘사 위주의 소설을 쓰거나 서사 위주의 소설을 쓰기는 하지만 묘사만으로 된 소설, 서사만으로 된 소설은 없다. 묘사만으로 일관된 글은 실감을 자아내지만 지루해지기 쉽고, 묘사가 빠진 채 서사만으로 쓰인 글은 속도감을 주는 대신 스토리 위주라는 인상을 줄 가능성이 높다. 묘사와 서사, 대화와 설명이 서로 섞여서 소설의 문장을 이룬다. 심지어는 한 문장 안에 이 요소들이 한꺼번에 들어가기도 하다. 따라서 묘사냐 서사냐를 따지고 신경 쓰는 일은 무의미하다. 우리가 따지고 신경 써야 할 일은 좋은 문장을 쓰는 일이다.

좋은 문장의 첫 번째 조건은 정확성이다. 여기에는 두 가지 측면이 있다. 문법적으로 정확해야 하고 논리적으로 정확해야 한다. 올바른 어휘를 구사해야 하고 주술 관계를 올바르게 써야 하고 문장성분들을 적절하게 배치할 수 있어야 한다. 논리적으로 부정확하여 의미의 혼동을 야기해서도 안 된다.

흔히 문법학자는 문법을 만들고 문학가는 문법을

파괴한다고 하는데, 완전히 옳은 말은 아니다. 문학가라고 해서 문법에 맞지도 않은 얼토당토않은 문장을 함부로 써도 되는 것은 아니다. 기존의 문법으로는 자신의 생각이나 감정을 전달하는 데 한계를 느낄 때 어쩔 수 없이 기존의 문법에 없는 문장을 사용한다는 뜻이지 문법을 무시한다는 뜻은 아니다. 문법은 글을 쓰는 이가 걸어가는 길이다. 문법을 파괴할 수 있는 사람은 문법으로 갈 수 있는 길을 다 걸어보고 그 끝에 이른 사람일 것이다.

장식적인 문장, 표현의 효과를 의식한 문장은 정확한 문장을 구사할 줄 아는 사람이 추구해야 할 다음 조건이다. 정확한 문장만을 구사하다 보면 자칫 글이 건조해지기 쉽다. 소설 문장이 다른 문장과 다른 것은 단순한 의사소통 수단이 아니라는 데에 있다.

설명하는 글이나 설득하는 글은 사실을 정확하게 전달하고 의사를 분명히 알리면 그만이다. 정보의 정확한 전달과 의사의 빠른 소통이 유일한 목적이므로 되도록 직접적이고 분명한 어휘와 문장을 사용해야 한다.

그러나 문학작품은 정확한 전달과 빠른 소통만을 지향하지 않는다. 한 걸음에 갈 수 있는 길을 열 걸음에 가기도 하고, 한 마디면 될 말을 여러 마디 말로 나누어 전하기도 한다. 간접적인 어휘들, 우회하는 표현들, 비유들, 상징적인 장치의 도입 등이 중요하게 된다.

그러나 이것이 애매모호하거나 막연한 문장을 선호하라는 뜻은 아니다. 애매모호한 문장이라는 것은 담고 있는 의미, 즉 내포가 흐리멍덩해서 그 문장이 지시하는 바를 가늠하기가 어려운 문장을 말한다. 막연한 문장이라는 것은 담고 있는 의미, 즉 내포가 지나치게 넓어서 구체적으로 무엇을 말하는지 알 수 없는 문장을 말한다. 은유적인 문장은 의미의 전달을 지연시키긴 하지만 의미의 전달을 방해하는 문장은 아니다. 의미를 정확하게 전달하지 못하는 장식으로서의 문장은 공허하고 무의미하다.

'문학소녀' 취향을 아직 벗지 못한 습작생들 중에

는 미문에 대한 관심이 지나쳐서 겉멋 들린 수식어를 남발하는 경우가 있다. 문맥이 잡히지 않는 문장, 무슨 말인지 종잡을 수 없는 문장, 문법적으로 틀리고 논리적으로도 오류인 문장, 아예 문장이 되지 않는 문장을 장식적인 표현으로 가리려고 한다면 그것은 크게 잘못 생각한 것이다. 어울리지 않는 장식은 하지 않은 것만 못하다. 사람이 멋있으면 좋지만 그보다 먼저 진실해야 하는 이치다. 멋은 진실이라는 기반 위에서만 의미를 갖는 가치다.

자기만의 문장을 가지라

정확한 문장을 구사하고 표현의 효과를 높이는 문장을 쓸 줄 안다면 이제 필요한 일은 자기만의 문장을 갖는 것이다. 소설 문장에서 중요한 것은 창의적인 발상이고 남다른 시각이고 자기만의 문장을 구사하는 일이라는 사실은 소홀하게 다뤄질 수 없다. 소설은 하나의 세계를 창조하는 행위다. 창조행위는 새로움과 변별성을 요구한다. 누구나 하는 말을 누구나 하는 방식으로 늘어놓는 문장에 이끌릴 리 없다. 평범하고 상투적인 표현을 무엇보다 경계해야 한다. '시간은 흐르는 물과 같다'라는 문장은 훌륭한 비유지만 너무 오랫동안 너무 많은 사람들에 의해 너무 자주 쓰여 이제 상투어가 되어버렸다. '실패는 성공의 어머니'는 어떤가? '콩 볶는 듯한 총소리'는 어떤가? '고사리 같은 어린아이의 손'은? 이것들은 누구의 문장인가? 주입된 문장, 주인 없는 문장, 도무지 내 것이라고 할 수 없는 문장. 이런 글에 독자를 끌어들일 흡인력이 있을 리 없다.

글을 쓸 때, 작가는 곧 자기 글의 첫 번째 독자가 되어 자기가 쓴 문장이 상투적이고 평범하지 않은지 평가해야 한다. 작가는 자기 글의 첫 번째 독자다.

몇 줄만 읽어보아도 누구 소설인지 금방 알아맞힐 수 있는 작가들이 있다. 그것은 그들이 독특한 자기 목소리를 문장에 담아내고 있기 때문이다. 이른바 자기 문체를 획득하고 있는 것이다. 문체는 글을 쓰는 이의 개성과 체질에 따라 다양하게 나타난다. 간결하면서도 탄력 있는 문장이 있는가 하면 관념적이고 논리적인 문장도 있고 풍자적인 요설을 앞세우는 문장도 있다. 다음 문장들을 비교해서 읽어보라.

부엌에 세 개의 칼이 있다. 두 개는 식칼이다. 하나는 크고 하나는 작다. 신애는 한 해에 한 번씩 칼 가는 사람을 불러 큰 칼을 갈게 했다. 칼 가는 사람은 칼을 알아본다. 몰라보는 사람도 있다. 몰라보는 사람은 돌리는 숫돌에 애벌갈이부터 하려고 한다. 그녀는 칼을 빼앗아 들고 들어온다. 알아보는 사람은 그 칼을 받아들 때 눈을 크게 뜨고 한참 동안 말없이 들여다본다. 칼 가는 사람은 좋은 칼에 놀란다.

그 여자가 부엌 구석에 틀어박아놓은 감자에서 싹이 났다. 감자는 쭈글쭈글하게 말라 쪼그라들었지만 툭툭 불거진 눈에서마다 자줏빛 줄기가 싱싱하게 솟고 잎이 피었다. 검정 비닐봉지 속에서 줄기는 통통하고 미끌미끌하게 몸부림치듯 얽혀 있어 징그럽고 무서웠다. 살아서 구물구물 움직이는 것 같았다.

비유는 늘 일방적이고, 그래서 무정부적이라는 지탄은 들어도 싸다. 미조迷鳥. 상투적 표현의 하찮음. 그래도 상투어는 우리의 따분한 삶만큼이나 끈질기고, 그 쓰임새는 모든 생활 집기들이 그런 것처럼 진부한 채로나마 요긴해서 가슴에 곧장 와닿는다. 부엌칼로 사과를 깎아본 사람만이 과도의 필요성을 안다.

위에 인용한 글들은 차례대로 조세희의 『난장이가 쏘아올린 작은 공』, 오정희의 『새』, 그리고 김원우의 「무병신음기」의 일부다. 소설을 많이 읽은 독자라면 작가의 이름과 제목을 보지 않고도 누구의 작품인지를 어렵지 않게 알아냈을 것이다.

어떤 문체를 선택할 것인가. 문체 사이에 옳음과 그름, 우월함과 열등함이 있는 것은 아니다. 다만 자신에게 적합한 문체가 있을 뿐이다. 자신의 체질과 개성에 맞는 문장을 개발하는 일이 문장 훈련의 마지막 단계라고 할 수 있겠다. 진실하고 멋있는 데다가 개성까지 갖췄다면 더 무엇을 바라겠는가.

문학적 체질에 대하여

문학에도 체질이 있다

한방에서는 사람의 체질을 중요하게 생각한다. 태어날 때 자기 체질을 타고난다고 하고 타고난 체질은 바꾸기가 어렵다고도 한다. 타고난 체질은 용모와 성격과 건강에 영향을 미치는데 가령 이런 식이다. 태양인은 자존심이 강하고 독창적이나 번의(飜意)가 잦으며 비타협적이고 과대망상이 많다. 태음인은 의젓하고 듬직해 보이며 피부는 두툼한 편이나 약하고 근골의 발육 또한 좋으며 용모는 둥글거나 타원형이다. 소양인은 비위(췌장과 위장)의 기능이 좋고 신장의 기능이 약하다. 소음인은 급·만성을 막

론하고 병이 생기면 제일 먼저 소화기능에 이상이 오고 먹는 양이 적어 야윈 편이다. 태음인은 간의 기능이 좋고 폐, 심장, 대장, 피부의 기능이 약하다. 또한 각각의 체질에 이로운 음식이 있고 해로운 음식이 따로 있다고 사상의학자들은 말한다. 예컨대 소고기가 모든 체질에 이로운 것이 아니고 인삼 역시 모든 체질에 이로운 것이 아니라는 식이다.

소설 공부를 하는 사람들에게 엉뚱하게 사상의학 이야기를 하는 것은, 문학에도 체질이 있다는 점을 말하고 싶어서다. 사람들은 저마다 자기만의 독특한 목소리를 가지고 있다. 목소리만 듣고도 우리는 그 사람이 누구인지 알아맞힌다. 사람의 얼굴이 다른 것처럼 목소리도 다르다. 글은 왜 그렇지 않겠는가.

음정과 박자가 정확하다고 가수가 되는 것은 아니다. 노래 부르는 걸 직업으로 삼으려면 자기만의 목소리를 가져야 한다. 소설가 역시 그러하다. 누구나 하는 말을 누구나 하는 방식으로 늘어놓는 것은 음정·박자 정확히 맞추는 데 급급한 노래 부르기에 지나지 않다. 그래선 곤란하다. 모든 가수들이 똑같은 목소리로 노래하지 않는 것처럼 작가들도 똑같은 소설을 쓰지 않는다. 이청준과 조세희는 얼마나 다른가. 이제하와 오정희는? 즐겨 다루는 주제도 같지 않지만 같은 주제를 다루더라도 다루는 방식이 영 딴판이다. 어떤 작가는 무겁고 어떤 작가는 경쾌하다. 어떤 작가는 관념적이고 어떤 작가는 구체적이다. 어떤 작가는 입심을 앞세우고 어떤 작가는 추리를 내세운다. 이것이거나 저것이어야 한다. 그것으로 자기 존재를 드러낼 수 있다. 이것도 저것도 아닌 경우가 문제다.

유행이란 언제나 있지만 그런 것에 휩쓸려 다니는 것은 현명한 일이 아니다. 한단邯鄲의 걸음을 배우지 못하고 수릉壽陵의 보행법도 잃어버린 한 불행한 소년에 대한 이야기가 『장자』에 나온다. 당시에 유행하는 한단의 걸음걸이가 멋있어 보여서 무작정 따라 하다가 자기 자신의 고유한 걸음걸이도 잃어버리게 되었다는 이야기다. 잘할 수 있는 것을 해야 하고 몸에 맞는 옷을 입어야 한다. 한방에서는 체질을 변화시키기가 어렵다고 한다. 그러니까 타고난 체질에 맞춰서 살고 음식을 먹고 운동을 하라고 한다.

체질을 변화시키는 게 어렵다면 체질을 강화하는 쪽으로 나갈 수밖에 없다. 한단의 걸음걸이에 매혹될 것이 아니라 자기 체질에 맞는 걸음걸이를 익히고 다듬고 개발하는 방법. 소설도 어쨌든 시대와 사회의 산물이므로 당대의 분위기라는 것이 있고 유행하는 문학적 흐름이라는 것도 있기 마련이다. 소설가 역시 유행하는 문학적 경향을 따라가려는 유혹을 느낄 수 있다. 그렇지만 그것이 어리석고 무익한 일이라는 게 체질론의 교훈이다. 자신의 고유한 문학적 체질을 인식하고 자기에게 맞는 소설 세계를 전개해나가는 것이 중요하다. 잘할 수 있는 것을 하라. 자기 걸음으로 걸으라.

스승을 찾고 그에게서 벗어나기

문제는 자기의 체질을 알아내는 일의 어려움이다. 한방에서도 체질을 알아내는 일이 쉽지 않다고 말한다. 진맥을 통한 체질 측정에 의외로 오진이 많다

고 한다. 보약을 먹었는데 기대되는 효과를 보지 못
했다면 진맥이 잘못되지 않았는지 의심해보아야 한
다. 체질을 측정하는 비교적 정확한 방법으로 오링
테스트라는 것이 있다. 가장 널리 사용되고 있고 정
확도도 높은 것으로 알려져 있다. 오링 테스트는 한
쪽 손에 쥐고 있는 물건이 자기의 체질과 부합하는
지를 알아보는 방법이다. 이로운 식품은 힘을 강하
게 하고 해로운 식품은 힘을 약하게 한다는 원리를
이용한 이 방법에서 중요한 것은 샘플이 되는 식품
의 선별이다. 이 테스트에 사용되는 식품은 특정한
체질에만 반응하는 것이어야 한다. 가령 다른 체질
에는 다 해로운데 특정한 한 체질에만 이로운 식품
이 있다면 그것이 샘플이 될 수 있다. 예컨대 그런
식의 조건을 갖춰 오링 테스트에 권장되는 식품 샘
플은 오이와 당근과 감자와 가지다.

문학적 체질을 알아낼 수 있는 샘플이 될 만한
작품들, 개성적인 자기 세계를 갖춘 소설들이 있다.
이것저것 고루 갖춘 소설이 아니라 특정한 경향성
을 강하게 내세우는 개성 강한 소설들. 우리는 그런

소설들을 읽음으로써 자신의 문학적 힘이 어떻게 반응하는지를 살펴볼 수 있다. 이청준에 반응하는 사람이 있고 오정희에 반응하는 사람도 있을 것이다. 어떤 사람은 최고의 책이라며 감탄하는 작품을 어떤 사람은 도무지 읽기가 힘든 지루한 책이라고 평가하지 않던가. 교양이나 다른 목적을 위해서라면 몰라도 소설 습작을 위해서라면 도무지 읽기 힘든, 체질에 맞지 않는 작품을 억지로 읽어낼 필요는 없다는 것이 나의 생각이다.

소설을 읽다 보면 흥분시키는 책, 흥분시키는 작가가 있기 마련이다. 그 경우 그런 작가, 그런 작품에 자신의 문학적 체질이 반응하고 있다고 보아도 크게 틀리지 않을 것이다. 그렇다면 그 작가의 작품을 섭렵함으로써 자신의 문학적 체질을 강화해나갈 일이다. 자신의 체질을 강화해줄 수 있는 작가를 만나는 것이 소설 습작에서 매우 중요한 단계다. 그 소설, 그 작가야말로 참된 문학적 스승이다. 아니, 그 이상의 스승은 없다고 해야 할 것이다.

스승을 만난 다음에 할 일은 그 스승에게 배우는

것뿐이다. 그 스승이 참된 스승이라면, 일단 한 스승에게 배우는 것이 좋다. 반복적으로 읽는 것이 배우는 것이다. 그러나 물론 오진이 아니어야 한다. 만일 오진했다면 엉뚱하게 자신에게 어울리지 않는 한단의 걸음걸이를 배우고 있는 셈이 된다.

그리고 마지막 훈수. 바둑 격언 가운데 이런 게 있다. 정석을 익혀라. 그리고 잊어버려라. 바둑에서 정석이란 공격과 수비에 최선이라고 알려진 돌을 놓는 법을 일컫는 말이다. 바둑을 배우는 것은 정석을 익히는 과정이다. 정석을 익히는 것은 매우 중요하다. 그러나 정석에 얽매여서는 자기 바둑 세계를 이루지 못한다는 뜻이 이 격언 속에 들어 있다. 소설 공부도 마찬가지다. 정석을 익혀야 한다. 그러나 거기에 갇혀서는 안 된다. 소설 문법을 알아야 한다. 그러나 그다음에는 그 문법의 틀에 매이지 말고 자유롭게 자기 세계를 펼쳐야 한다. 스승에게 배워야 한다. 그러나 스승의 둥지를 벗어나 자기 날개로 날아야 한다. 그러니까 이 책의 내용도 잊어버려야 한다. 잊어버리고 소설을 써야 한다.

진실되지 못한 글을 아름답게 하기 위
해 현란한 수사로 치장을 하게 되면, 그
것은 고운 헝겊을 누덕누덕 기워 만든
보자기로 오물을 싸놓은 것처럼 흉한
냄새를 풍기게 된다.

—한승원, 『바닷가 학교』, 열림원, 2002

소설 창작 교육에 대한 몇 가지 오해

이상한 현상

소설을 읽는 독자의 수가 점점 줄어들고 있다. 베스트셀러 하면 으레 소설을 연상하던 몇 년 전의 상황과는 사뭇 다른 현상이다. 소설을 읽는 독자의 수효에는 변화가 없는데 다른 분야의 책들에 대한 관심이 상대적으로 높아졌기 때문이라는 식의 분석은 옳지 않다. 다른 분야, 예컨대 인문학 관련 서적이나 실용 서적에 대한 수요가 많아진 것이 사실이지만 서점에서의 소설 판매량이 현저하게 줄어든 것 또한 사실이기 때문이다.

이런 현상에 대한 요인은 여러 각도에서 찾아볼

수 있겠지만, 독자 편의 요인으로는, 문자보다 효율적이고 감각적인 매체들, 예컨대 영화나 인터넷의 창궐로 말미암아 자연스럽게 형성된 수용 기제의 변화 또는 기호嗜好의 이동을 가장 크게 지적할 수 있을 것이다. 한쪽에서 호들갑을 떨어대는 것처럼 소설이 쉽게 죽거나 사라지지는 않겠지만, 시간의 흐름과 함께, 적어도 양적 차원에서는 대중적 영향력이 감소할 것은 불을 보듯 뻔한 일이다.

이해하기 힘든 것은, 독서 영역에서의 소설의 위상이 이러한데도 소설 창작의 수요가 어느 때보다 증가하고 있다는 점이다. 신춘문예와 문학잡지들이 실시하는 각종 등단 제도에 응모자들이 몰려든다. 문학 공부를 체계적으로 할 수 있는 기회도 많아졌다. 문예창작학과가 개설되어 있는 대학이 부쩍 늘었고 대학의 평생교육원과 신문사와 백화점 그리고 각종 기관들이 운영하는 창작 교실에도 적지 않은 수의 수강생이 공부하고 있다. 인터넷 공간에는 자기가 창작한 글을 올리는 사람들이 많다. 그들 중에 어떤 이는 상당한 조회수를 기록하여 네티즌들

사이에서 인기 작가로 통하기도 한다.

소설을 읽는 사람은 줄어드는데 소설을 쓰겠다는 사람은 늘어나는 이런 추세는, 아마도 단순한 수용자로서가 아니라 생산자로서 참여하려는 현대인들의 문화 욕구가 구현된 것일 테지만, 이런 현상을 문학의 민주화라고 칭하고 환영할 일인지는 섣불리 말하기 어렵다.

소설을 비롯한 문예 창작이 교육을 통해 이루어질 수 있는 것인가, 하는 질문은 실제로 행해지고 있는 여러 방면의 문예 창작 교육의 현실을 도외시한 것이라고 할 수 있다. 하지만 그런 목소리는, 역설적이게도, 창작 교육이 이루어지는 현장에서도 종종 들려온다. 어떤 견해에 의하면 소설 창작은 고도의 숙련 과정이 필요한 영역이다. 그런가 하면, 혹은 그럼에도 불구하고, 교육을 통해 소설가가 되는 것은 아니라는 견해 또한 무시하기 어렵다.

이 글은 오늘날의 이상한 창작 열기 앞에서 소설 창작 교육과 관련된 이런 상반된 견해들 안에 들어 있는 몇 가지 근본적인 오해들을 들춰냄으로써 바

람직한 소설 창작 교육의 길을 모색해보려는 의도
로 쓴다.

소설 창작은 배울 필요가 없다?

소설은 배울 필요가 없다는 견해가 있다. 배움을
통해 소설가가 되는 것이 아니라는 이런 생각의 안
쪽에는 상반된 두 가지 동기가 자리 잡고 있다. 같
은 결론을 유도해낸 상이한 두 개의 원인들 가운데
하나는 소설 작품을 천부적인 재능의 소산으로 간
주하는 시각이다. 작가는 특별한 신분의 사람이고,
태어나는 것이지 학습과 수련을 통해 만들어지는
것이 아니다. 우리는 여기에서 문학이 인문학과 예
술의 정점에서 권위를 누리던 지난 시대 사고방식
의 그림자를 본다. 이 시각에 의하면 타고난 재능이
없는 사람은 배워도 안 되기 때문에 배울 필요가
없고, 재능을 타고난 사람은 배우지 않아도 쓸 수
있기 때문에 배울 필요가 없다. 이래저래 배우지 않
아도 되는 것이다. 소설 창작은 배움의 영역이 아니
라 천재성의 영역이다. 아무나 작가가 될 수는 없으

므로 교육이 불필요하다는 이 생각은 오늘날의 활
발한 문학 창작 교육의 열기를 도외시하고 있다. 또
한 소설이 상대적으로 천재성의 비중이 높은 예술
임과 동시에 학습의 과정을 요구하는 인문학에 속
해 있다는 사실을 간과하고 있다. 재능이란 적성과
마찬가지로 가능성에 지나지 않은 것이다.

배우지 않고도 쓸 수 있다는 입장이 소설은 특별
히 배울 필요가 없다는 생각을 유도해내는 다른 요
인이다. 말을 하는 사람은 글을 쓸 수 있다는 식의
매우 단순하고 조악한 논리에 근거하고 있는 이 생
각은, 말을 익히는 것이 그런 것처럼 글쓰기 역시
자연스럽게 습득된다고 본다. 사람은 누구나 자기
자신의 감정과 생각을 표현할 줄 아는 능력을 가지
고 있기 때문에 그것을 표현하기 위해 새삼스럽게
배우려고 할 필요가 없다는 입장이다. 이 입장의
가장 큰 악의적인 토대는 소설을 비롯한 문학의 존
재 이유를 의도적으로 인정하지 않으려고 하는 데
있다. 예컨대 문학적 글쓰기의 고유성을 무시하려
는 시도가 이 생각에는 깔려 있다. 인터넷에 떠도는

저 수많은 무명작가들의 글을 보라. 배우지 않고도 잘 쓰지 않느냐라는 반문이 덧붙여진다. 이 생각은 문학의 고유한 자리를 협소화시키는 세간의 정서를 반영한 것으로 보인다.

문학의 고유한 세계를 의도적으로 외면하고 있는 듯한 이 생각은 능률과 속도를 최고의 가치로 여기는 정보화사회의 처세 논리에 의해 지지를 받는다. 정보화사회에서 중요한 것은 유익하고 쓸모 있는 정보의 가능한 많은 수집과 그것의 효율적인 활용이다. 즉, 정보의 양과 속도가 관심거리가 된다. 이런 사회에서는 의사소통의 의도적인 지연과 우회의 전략을 구사하는 문학적 글쓰기는 거북한 것이 된다. 정보의 수집과 전달이라는 기능에 국한해서 글을 이해하는 입장에서는 비효율적이고 비경제적인 (지연과 우회) 문학적 글쓰기를 구태여 배워야 하는지 의문을 제기할 수도 있을 것이다. 인터넷의 정서에 어울리는 오늘날의 대중소설들이 소통 지연과 우회의 전략을 거의 구사하지 않는 것은 우연이 아니다. 정서의 표현이나 공감의 확보나 세계와 삶에 대한 통찰 같은 것은 권장되지 않는다.

소설 창작 교육은 기능적인 것이다?

소설 창작 공부에 대한 필요성을 제한적인 차원에서 인정하는 입장이 있다. 소설 쓰기를 일종의 기술로 보고 기술을 익히는 것이 소설 창작 교육이라고 이해하는 이 의견은 소설가들이 특별한 신분의 사람들이 아니고 문학 역시 고상한 세계에 속한 것은 아니라는 생각의 연장선상에 있다. 기술만 익히면 누구나 소설을 쓸 수 있고 소설가가 될 수 있다. 좋게 말해서 문학의 민주화 내지는 만인 작가 의식이라고 부를 수 있는 이 견해의 배경에는 문학의 위상의 변화와 함께 자기를 표현하려는 욕구가 보편화된 시대적 분위기가 자리하고 있다. 인터넷은 거대한 게시판이다. 거의 무한하게 글쓰기의 자유가 보장되어 있는 이런 매체의 등장과 현대인들의 활발한 자기표현 욕구가 만인 작가 의식을 유포했다. 작가가 되기 위해 필요한 것은 약간의 기술과 테크닉뿐이라는 생각을 가진 사람들이 평생교육원이나 문화센터의 문학 창작 강좌의 문을 두드린다. 그들은 대략 6개월만 배우면 무슨 기능사 자격증을 따듯 '소설가 자격증'을 딸 수 있을 것이라고 막연히 생각한다.

이 생각은 적어도 두 가지 점에서 오류다. 우선 소설 창작 교육의 본질은 기교가 아니라 정신에 있다는 것을 간과하고 있다. 훌륭한 소설 작품은 정교한 기술의 산물이 아니고 심오한 정신의 산물이다. 문학작품의 가치를 결정하는 심미적 기준을 테크닉의 수준에 의해 좌우되는 것으로 인식하는 것은 오해다. 두 번째로 소설 창작은 아무 준비 없이 단시간에 '마스터'할 수 있는 '과목'이 아니다. 이 세상에 태어나는 한 편의 소설은, 그 소설이 탄생하는 순간까지의 그 작가의 삶의 총체다. 안에 있는 것이 밖으로 나온다. 축적해놓은 것이 없으면 나올 것이 없다. 차면 넘치는 이치다. 일정한 기간의 소설 창작 교육이 소설 작품을 탄생시키는 것이 아니라 그 시간까지 축적해온 그의 삶이 그렇게 하는 것이다.

그러니까 중요한 것은 책상에 앉아서 키보드를

두드리는 방법을 가르치는 것이 아니라 거기 앉기 전까지 해야 할 일들을 하게 하는 것이다. 소설 작품은 책상에 앉기 전에 이미 쓰여 있다. 쓰여 있어야 한다.

소설 공부는 책상에서 하는 것이 아니다?

이 의견의 안쪽에도 두 개의 생각이 있다. 그 하나는, 소설은 인간과 세계에 대한 탐구이고 삶에 대한 성찰이므로(이어야 하므로) 책만 붙들고 있어서는 안 되고 다양한 경험과 다방면의 교류가 중요하다는 견해다. 소설을 잘 쓰고 싶으면 책상에만 앉아 있지 말고 여행도 하고 사람도 많이 만나고 경험도 많이 하라고 충고한다. 그러나 경험과 교류에 대한 지나친 강조의 부작용으로 책상과 골방에서 보내는 시간의 중요성이 무시된다면 이는 매우 불행한 일이 아닐 수 없다.

경험과 교류는 소설 창작에 유익한 소재를 제공하지만 그러나 그것들이 소설을 만들지는 않는다. 이 부분이 소설이 회고록이나 자서전과 구별되는 대목이다. 내가 살아온 이야기를 소설로 쓸 수만 있다면 대하소설 열 권으로도 모자랄 것이라고 말하는 사람은, 소설에 대한 이해가 충분하지 않은 채로, 이 사실을 은연중에 말하고 있는 셈이다. 예컨대 그렇게 말하는 사람은 자신의 살아온 이야기(경험)가 소설의 중요한 소재일 수 있다는 걸 알고 있다. 그러면서도, 그 대단한 소재를 가지고 있으면서도 자기가 소설을 쓸 수 없다는 점을 동시에 고백하고 있는 것이다. 그는 왜 소설을 쓰지 못한다고 말하는가. 그 대단한 경험은 왜 곧바로 소설이 되지 못하는가. 이 질문에 대한 답을 얻기 위해서는 소설이 단순한 사실들의 나열이 아니라 그것들을 효과적으로 편집하고 의도에 따라 가공하여 만들어내는 인공적 조형물이라는 점을 인식할 필요가 있다. 편집과 가공, 조형물이라는 어휘는 소설의 작위적 성격을 부각시킨다. 꾸준한 독서와 학습을 통해 소설의 탄생 비결을 알고 있는 사람에게만 경험과 교류가 유익하다. 경험과 교류는 그것 자체만으로는 어떤 소설도 만들어내지 못한다. 소설을 탄생시키

는 것은 그가 읽은 소설들이지 그가 한 경험들이
아니다.

소설 공부가 책상에서 이루어지는 것이 아니라
는 생각을 가능하게 하는 다른 요인은 소설 쓰기를
문학적 끼의 발산 또는 일종의 포즈로 이해하는 데
서 온다. 이 문맥에서 '문학적'이라는 용어는 오해와
왜곡의 대상이다. 이를테면 공허한 감상과 어울리
지 않는 장식적 수사, 또는 '소설을 쓰려면 술 마시
는 것부터 배워야 한다' 하는 식의 치기와 허장성세
를 문학적이라고 파악하는 것은 문학과 소설에 대
한 그릇된 인식의 소산이다. 문학소녀적 감상이나
문학청년적 허장성세야말로 비문학적이다. 왜냐하
면 그것들은 세상과 삶을 바로 보지 못하도록 눈을
가리는 역할을 하기 때문이다. 삶은 감상에 의해 포
착되지 않고 포즈도 용납하지 않는다.

소설 공부는 도서관과 책상 위에서 이루어지는
것이 바람직하다. 그 이유는 인간과 삶에 대한 통찰
을 문제 삼는 소설의 정체성 속에 이미 인문학적
요소가 들어가 있기 때문이다.

맺는말

우리는 소설 창작 교육에 관련된 몇 가지 오해에 대해 살펴보았다. 오해의 내용은 소설 창작 교육이 가능한 것이냐는 근본적인 문제에서 시작하여 소설 창작 교육의 내용과 방법까지를 포함하고 있다. 그러나 여기서 이야기된 방법은 구체적이고 실제적인 기법이 아니고 다소 원칙적인 것이었다. 요컨대 우리는 소설 창작 교육의 본질이 기교가 아니라 정신이라는 사실을 확인했다. 또 우리는 소설 창작 공부가 불필요하다는 생각이 무지에서 나온 오해이거나 의도적인 외면의 성격이 있다는 점을 확인할 수 있었다. 경험이나 교류가 소설 창작에 유익하지만 그것들이 유의미해지기 위해서는 충분한 독서와 학습의 축적이 있어야 한다는 사실도 확인했다. 문학적인 것(감상과 포즈)의 경계를 통해 강조하고자 했던 것도 결국 소설 창작 교육의 본질적 차원이었다. 어떤 의미에서 우리의 강조점은 소설 쓰기보다는 소설가 되기 쪽에 더 기울었다. 소설에 임하는 자세(의식)가 소설 쓰기(기술)에 앞서야 한다는 글쓴이의 소신 때문이다. 소설 쓰는 기술을 익히기에 앞서 소설가로서의 의식에 철저해지는 것이 중요하다.